星が人を愛すことなかれ

斜線堂有紀

YUKI SHASENDO

星が人を愛すことはなかれ

斜線堂有紀
YUKI SHASENDO

集 英 社

ミニカーを捨てよ、春を呪え

「アイドルだって女じゃん」

と冬美《ふゆみ》が言うと、場が凍りついた。そして、一拍遅れてからドッとつけ足したような爆笑が起こる。この中で一番声が大きくて品性の無い古田《ふるた》が渓介《けいすけ》を引き寄せ、拳でこめかみをぐりぐりと押した。

「おいおいラブラブじゃ〜ん。こんだけ愛してもらえるなんて幸せもんだなぁ」

やけに大声で言われたそれを聞いて「あ、フォローされたなあ」と、冬美も他人事《ひとごと》のように思った。じゃあ、これってフォローされるくらい無様《ぶざま》で空気が読めなくて、イタい発言だったんだなあ、とも遅れて後悔が滲《にじ》んでくる。

正直、少しくらいの共感は得られるだろうと思っていた。今回の飲み会には女の子達も参加している。『彼氏がアイドルにハマりすぎてて嫌』というところまでは、彼女達も頷いていてくれたはずなのに。「女じゃん」発言を聞いた瞬間、薄ら笑いを浮かべてきた。

冬美の必死さを見て「一緒にされたくないんですけど（笑）」という気持ちになったのだろう。あー、なるほど、じゃあそれ本気の共感じゃなかったのかよ。

本気でミスった。これで、可愛くもないくせにアイドルに張り合う女っていう不名誉な肩書きだけが残ってしまった。最悪だ。そういう『弁《わきま》えてない女』になるのが嫌で、ずっと慎重にしてたのに。冬美はマジョリティーじゃなかった。見誤った。みんなアイドルのことは女にカウントしないんだ。恥ずかしい。消えたい。

ちらりと視線を向けると、当の渓介は暢気《のんき》に酒を飲んでいた。分かってはいたけれど、こういう時の渓介は本当に頼れない。最悪なのは、渓介が決して分かっていないわけじゃないところだ。

空気を壊すのが嫌だから、彼女が傷ついていても絶対に庇《かば》わない。

もし渓介が冬美の理想の恋人だったら、きっと庇ってくれた。もっと何かいいように場を収めてくれて、アイドルなんかより彼女が大事だよ当たり前じゃんって、みんなの前で示してほしかった。

それは愛ではなく、当然の権利を与えられないことに対する怒りである。彼女として必要十分なものを、ちゃんと与えてほしい。

帰り道でも、冬美は味わった空気を反芻《はんすう》し続けていた。一番失敗したくなかったところで、自分はやらかしてしまった。最悪で、惨《みじ》めだ。悲しくて苦しい。その気持ちが、隣を歩いている渓介に向く。

「何？　まだ怒ってるの？」

最悪のタイミングで渓介が言い、怒りの炎が燃え上がった。

「私さ、研究室の飲み会なんて行きたくないって言ったじゃん。完ッ全に下に見られてたし、馬鹿にされに行ったようなもんだよ、あんなの」

「えー……それは被害者意識強いよ。あいつらそこまで嫌な奴らじゃないって。ちょっと身内感強いけど」

「その身内感でジャッジされたのが本当嫌なの。なんでだよ。あいつらだって陰キャのオタクのくせに、大したことない女扱いされなきゃなんないの」

「そんなつもりは無いと思うけど……」

渓介は困ったように眉を寄せる。彼のそういうところが、冬美は殊更《ことさら》に嫌だ。彼女のことも庇わないが、自分の友人が悪く言われても同様に庇わない。事なかれ主義の日和見《ひよりみ》男。王子様には程遠い。情けなくてどうしようもない男。

それでも、冬美の恋人はこの男なのだ。

「……もう行かないからね。絶対」

「そんなこと言うなよ。これからもこういう機会何度もあるだろうしさ」

「無くていい。ていうか、私が行ったって盛り上がらないじゃん。いるだけ無駄だよ」

「みんな冬美のこと良い彼女じゃんって言ってたよ。俺には勿体《もったい》無いって」

「そんなことない」

冬美は短く言う。自分がどのレベルかははっきり分かっている。自分達の天秤は完璧に釣り合っていて、もう動かない。だから、冬美が渓介に文句を言う権利など、無い。

名城《めじろ》渓介とは大学で出会った。何の面白みも無い出会い方だった。大学を卒業する前に、同じキャンパスの学生を一堂に集めて親交を深める会が催されたのだ。知り合いの知り合いが声を掛け合う。もう既に『出来上がっている』グループが寄り集まる。

二十二歳の牧野《まきの》冬美は、必死だった。

この中で、誰かを見つけようと必死だった。

大学卒業を前にして、冬美は自分なりの真理に辿り着いていた。即《すなわ》ち、自分は大学までにパートナーを見つけなければいけない人間だ、という真理に。

これから就職して、働き始めて、生活をしながら恋人を見つけられる自信が無い。かといって、誰かから見つけてもらえるような人間でもない。だから、人と出会うハードルが低い大学時代の内に対処をしなければ。

「彼氏いないの？　じゃあこいつとかどう？」

そんな時、所属していた童話研究会の先輩繋がりで紹介されたのが名城渓介だった。

「宇宙情報処理をやってる名城渓介です。永居《ながい》研究室だけど……院生じゃない人にこれ言っても伝わらないいか」

本当にどこにでもいそうな理系院生だった。適当に選んだ厚めの眼鏡《めがね》。柔和そうな垂れ目。少し口元が小さいのが垢抜けなくて、だからこそ誠実そうに見える。

「どうよ名城。この子、物理学科の牧野冬美っていうんだけど、めちゃくちゃ良い子だぞ」

先輩が語る自分の売りが『良い子』であることに、冬美の心が少しだけささくれ立つ。今までの人生で、冬美は殆《ほとん》ど『可愛い』とか『美人』だと言われたことが無い。見た目がセールスポイントになるような人間じゃないことは、自分でも重々分かっていた。それでも、苦しさはやわらがない。

「良い子なのに俺に紹介していいんですか。俺甲斐性無いですよ」

「でもお前も良い奴じゃん。良い子と良い奴は長く続くから」

先輩に肩を叩かれ、名城渓介が困ったように笑っている。けれど、そこまで嫌がっているわけでもない。冬美は人の顔色を読むのがそこそこ上手《うま》かった。そこまで積極的じゃないけれど、満更でもない。

「彼女いないんですか?」

「あー……うん。いない。ていうか、理系の院って出会い無くてさ。モテるわけでもないし」

「じゃあ、お友達からどうですか。ご飯食べに行くのとかでも」

「え、いやいやそれは、俺で良ければ」

積極性の使い方はここだと思った。渓介に心惹《ひ》かれるものがあったわけじゃない。けれど、条件が良い。この大学の院に行くくらいなら、多分それなりのところに就職出来る。見た目だって良くはないけど悪くはない。

冬美が捕まえられる男の中で最も条件の良い男は渓介だ。これ以上は、きっと無い。

渓介と冬美は何度か食事をして、七回目のデートでようやく付き合うことになった。その言葉も「そろそろちゃんとしようか」なんて色気の無いものだったけれど、冬美はそれで構わなかった。

だって、ロマンチックな告白とか、少女漫画みたいなシチュエーションとかは現実にはそうそう無いものだから。「そろそろちゃんとしようか」と言っている渓介の右斜め後ろで、幸せそうなカップルがケーキを前に写真を撮っている。花火の刺さった浮かれたケーキは、多分何かしらの記念で用意された特別なもの。されど、お店に一本電話を入れれば、簡単に用意出来ただろうもの。

渓介にだって、そのくらい出来た。

でも、渓介はそんなことしない。第一、あんな派手なケーキを前に、冬美は上手くはしゃげない。多分照れ隠しに仏頂面《ぶっちょうづら》をして、しどろもどろのまま空気を悪くする。ガラスの靴は、相応《ふさわ》しいお姫様にしか与えられない。慣れないステップでそれを割ってしまった日には、また苦笑《にがわら》いが待っている。


『サンドオリオンは私の祈りですよ。サンドオリオンが誰かを守ってくれる鎧《よろい》になってほしいし、誰かを飛ばす羽でありたい』


インタビューに書かれたその言葉を読んで、何故か分からないけれど動悸《どうき》がした。インタビューに答えている灰羽妃楽姫《はいばねきらき》は、冬美の憧れの相手だった。若くしてサンドオリオンというオリジナルブランドを立ち上げたカリスマデザイナーで、いかにも『強い女』という感じの自立した美しさを持っている。

サンドオリオンは女性の為のメルヘンを謳《うた》っていて、少女趣味を良い具合に大人向けにアップデートしたブランドだ。嫌らしくない程度のフリル、ポイントだけに甘さを残したワンピース。初めて見た時、衝撃を受けた。自分が着たかった服はこれだ、と思った時、冬美の視界がパッと燦《きら》めいた。

けれど、冬美を絶望させたのもまた、サンドオリオンだった。

必死にお金を貯めて買った、シンプルで綺麗めのワンピースは冬美には全く似合わなかった。サンドオリオンの白は、浅黒い自分の肌には似合わない。襟のフリルが輪郭の丸さを引き立ててみっともないし、二の腕の太さも目立つ。

何が全ての人の為の服だ、と思った。これは特別な人間が着る服で、冬美の為の服じゃない。

見渡してみれば、サンドオリオンの服や小物を持っているのは、いかにもキラキラしているインフルエンサーや、顔立ちの美しい女子アナばかりだった。ガラスの靴を履いてもおかしくない側の女達だ。冬美とはまるで違う。

その時、冬美は悟った。人間には相応の身の程があり、そこからはみ出るところから不幸が始まる。思い返してみれば、冬美が今まで犯した失敗は、全てが分不相応なガラスの靴を履こうとしたことに由来していた。——小学校の頃の劇で鼻白《はなじろ》まれたのは？　前に出ようとする度に疎《うと》まれたのは？　誰も冬美のことを特別扱いしてくれなかったのは？　告白をしてくれた人がいないのは？

答えは簡単だった。牧野冬美が、この世の端役《はやく》でしかないからだ。

人生ずっと冬『サンドオリオンの新作可愛いけど私みたいな骨ストだと似合わないよね。骨格から負け組なんですわ』

人生ずっと冬『骨ストにはモデルが多いとか言ってるやつダルいわ。それは一部の顔整いのせいだろ。だったら私もモデルになれてるんだが』

五十人程度しか見ている人のいないＳＮＳアカウントで、密かにそんな投稿をする。一、二人しか反応が無いけれど、それでも心が慰められた。こういう時、冬美の孤独は紛れる。容姿へのコンプレックスが過剰な自覚はある。ルッキズムへの抵抗を謳う社会に逆行している自覚もある。けれど、拭《ぬぐ》えない。

「あんたそんなに可愛くないんだから、勉強だけはちゃんとしときなさいよ」

これは母親から何度も言われた言葉だ。冷たいとも酷《ひど》いとも思わない。事実を予《あらかじ》め伝えてくれて感謝しているくらいだ。自分が恵まれていないことは、はっきりと理解しなければ。

だが、与えられなかったことに対する憎しみは絶対に忘れない。忘れたくない。だから、冬美はこうして吐き出す。

冬美が悲鳴のように綴る言葉に誰かが反応してくれる。その度に、冬美の夜に一筋の光が差す。

選ばれたら変わると思っていた。自分のことを恋人として扱ってくれる、ちゃんとした誰かを見つけられたら何かが変わるはずだった。

けれど、名城渓介と付き合うようになっても、冬美の焦燥感はまるで止《や》まない。

渓介との交際は可も無く不可も無かった。

正直なところ、渓介からの愛情を強く感じたことはない。意外にも冬美と渓介は気が合って、何時間でも他愛ない話が出来る関係になった。けれど、それだけだった。社会性が認められるだけの適当なカップル、としてごっこ遊びをしているようですらあった。

初めてセックスをした時、冬美は密かに焦った。悪くはなかったけれど、良くもなかった。まるで詳しくない料理をレシピ通りに作った時のようだった。感動も何も無い。これから回数を重ねていったら、目新しさや違和感すら無くなるだろう。それを思うとゾッとした。——それなのに、これを何回も続けるの？

幸いなのか不幸なのか、渓介はそれほどそういうことに興味が無いようで、する頻度はそう多くなかった。そうなると今度は、余計に自分達が『恋人』である理由が分からなくなってしまって、怖かった。

でも、別れる選択肢は無い。渓介といるのは楽だった。友達のように過ごせるデートは気楽だったし、色々な意味で同じレベルの渓介となら、外を歩いていても気負わなくて済む。先輩の『お似合い』という言葉が頭を過《よぎ》る。その通り、自分達はお似合いだ。

自分達はきっと、このまま問題無く交際を続けて、適当なところで『ちゃんと』結婚をするだろう。渓介は決断力が無いけれど、一人の人生をいたずらに消費させる度胸も無い。付き合った責任として、結婚までこなしてくれる。

そのことが分かっているからこそ、冬美は渓介と付き合っていた。冬美の嗅覚は間違っていなかった。冬美にとっての人生最大の幸運は、渓介を摑《つか》まえられたことだろう。名城渓介こそ、人生の伴侶に相応しい。

渓介がアイドルオタクだと知るまでは、そう思っていた。

めるすけ『東グレのライブ結局全通になりそうですわ～。会場で会える方よろしく』

そのＳＮＳアカウントを見つけた時のことを、冬美はよく覚えている。

その時期、冬美も渓介も仕事が忙しく、休日が合わないことが増えていった。連絡は取っているものの、会えるのは月一回くらいで、まるで遠距離恋愛である。別にそこまで会いたいわけじゃなかったけれど、この予定の合わなさが気になった。

——まさか、浮気？　疑った瞬間、手の先がすうっと冷たくなった。悩んだ末に、冬美は渓介と引き合わせてくれた先輩に相談をした。

果たして、先輩は言った。

「浮気？　名城に限ってないない。ていうか、聞いてないの？　忙しくなるって」

「仕事が忙しいとは聞きましたけど……それとか関係無しに、なんか予定が合わなくて」

「いやいやいや仕事じゃないって。ほら、この時期っていつもそうなんだよ。ライブが詰まってるとかで」

「え？　は？　ライブ？　何のですか？」

「地下アイドルだよ。あいつ、ドルオタだから」

先輩はなんでもないことのようにそう言って、冬美にスマホの画面を突きつけてきた。

そこには『**めるすけ**』という名前のＳＮＳアカウントが表示されている。『**一介のアイドルオタク。東京グレーテルのばねるりを応援しています。**』という文字と、ブレた猫のアイコン。ブレていても分かった。これは渓介の猫だった。

「え？　え……待ってください、何これ」

「えー、知らんかったの？　あいつもこういうとこあんのよ。こっそり見てみ？　推しにめちゃくちゃ真剣でウケるから」

ウケるって、何がウケるんですか。言いかけたその言葉をぐっと堪《こら》えて、めるすけの投稿を遡《さかのぼ》る。ペンライトを握る手に見覚えがあった。ＣＤの積まれている部屋は、よく知っているものだ。どう見たって、めるすけは名城渓介だった。

『ばねるりが生きがい』『ばねるりの為なら仕事頑張れるわ』『就職して良かったこと、東グレに思い切り突っ込めること』

それなのに、投稿されている内容はまるでピンとこない。こんな渓介は知らなかった。付き合ってもう一年になる。それなのに、冬美は『**めるすけ**』のことを全く知らなかった。

「もしかして名城にほっとかれてるか〜？　俺が言ってやろうか？」

「いえ……そんな、普段は優しいですし。最近、ちょっと予定が合わなくて、お互いの時間を大事にしたいタイプだからあれなんすけど。気になって。浮気とか、だけはまあ許せないってだけなので」

「よかったな〜絶対そんなことないって。あいつ一途で真面目なタイプだし、冬ちゃんのこと大事にしてくれると思うよ～」

「それは……すごく感じてます。すごく。渓介と付き合えてよかったというか……大事にされてるのは、分かるので……」

硬い笑顔を貼りつけながら、冬美はなんとかそう答えた。完ッ全に嘘だ。大事にされてるなんて思ってない。二人の間にあるのは、冬美が求めていたような愛じゃない。あんなものは、それらしい真似事だ。けれど、それを訴えることはしなかった。そうでないと、惨めだ。浮気を疑っていると話す時でさえ、侮《あなど》られないかと心配だった。冬美は可哀想な女になりたくない。

「ドルオタって浮気しないらしいよ。まあ、理想高いからね」

駄目押しのように先輩が言って、冬美はいよいよ息が出来なくなった。湧き上がってきた感情を、必死で留める。——先輩、これって浮気じゃないんですか。

赤羽瑠璃《あかばねるり》、というのが渓介の推しの名前だった。覚えたくもない名前だったのに、一回聞いただけで覚えてしまった。東京《とうきよう》グレーテルの孤高のブラック、ばねるり。華々しいカラーが多めなグループの中で、空気を読まずに君臨する黒いドレスの女。

……そのコンセプトというか佇《たたず》まいは、憧れの灰羽妃楽姫に少し似ていて、嫌だった。

自分が絶対持ち得ない羽を持っている人々。

家に帰るなり、冬美は赤羽瑠璃について調べられるだけ調べた。上がっている写真、投稿されている記事、呟いている言葉。何でも拾って、その女を把握する。阿賀沼沢子《あがぬまさわこ》に憧れていて、昭和のアイドルのカリスマ性を再現したがっている。好きな作家は遥川悠真《はるかわゆうま》だけど、ミステリもＳＦも何でも読む。

阿賀沼沢子も遥川悠真も、渓介から聞いた名前だった。

——うわ、ってことはあいつの好きって言ってたものとかって全部赤羽瑠璃の影響だったってこと？　と気づいた時は、嫌悪感すら覚えた。今まで普通に食べてたものが虫だったと聞いた時のような、掌返しの不快感が体中を侵す。

赤羽瑠璃は、可愛かった。地下アイドルだというから舐《な》めていたのに、まるでお人形さんのようだった。肌が白く、顔が小さく、顎がちゅんとしている。これだけシャープな輪郭を持っていたら、サンドオリオンのワンピースだってよく似合うだろう。吊り目気味で意志の強い瞳は、冬美の三倍はありそうだった。誇張じゃなく、本当にそう見えた。

当然だけれど、冬美とはまるで似ていなくて、急に恥ずかしくなった。

今まで、渓介は女の見た目に頓着《とんちゃく》しないタイプなんだろうと思っていた。冬美と付き合っているんだから、外見にはこだわらないタイプなんだろうと。

でも違った。なんでよりにもよって、ビジュアル要員みたいな女を——赤羽瑠璃を推しているんだろう。もっと愛嬌が良いだけのタイプとか、そういう選択肢だってあったはずなのに。童顔とか人懐っこそうなのとか、そういういかにも『地下アイドル』みたいな女だったら。

赤羽瑠璃が理想であるのなら、どういう気持ちで冬美と付き合っているのか。劣等感で胸が張り裂けそうだった。苦しくて、息が出来なくなる。めるすけの言葉はどれも熱狂的で、赤羽瑠璃への愛に満ちていた。冬美には決して与えられないものだ。

それを、赤羽瑠璃は当たり前のように受け取っているのだ。

渓介に会えたのは、それから二週間が経ってからのことだった。こういう時ですら、冬美は無理を言って会いに来させることすら出来ない。それが出来るほど、冬美は愛されていない。

「最近会えなかったのって、アイドルのライブ行ってたからなの?」

それを聞いた時、渓介はあからさまに動揺した。

「誰から聞いたの」

「野島《のじま》先輩から。ていうか、公開アカウントで堂々と呟いてるのに秘密がバレましたみたいな顔しないでよ」

　渓介が動揺していることが、一番悲しかった。やっぱりこれは薄ら暗い趣味なのだ。渓介が冬美に知られたくなかったもの。後ろめたいと思っているもの。

「休日出勤って言ってたのはごめん。本気で反省してる。大事な趣味だったから、絶対に行きたくて」

「私が大事な趣味を邪魔すると思ってたんだ。まあ、浮気みたいなもんだもんね」

「いや、その理屈は変だろ。相手はアイドルだぞ」

「でも言わなかったでしょ。後ろめたくなかったら隠さないじゃん。休日に金かけて女に会いに行くとか、キャバと何が違うの」

「俺のはそんなんじゃない！」

「CDいっぱい買って握手してもらうんだもんね？　それじゃあ私と会おうとしない理由が分かるわ。無料で会えるブスなんてドルオタからしたら価値無いもんね？」

「なんでそんなこと言うんだよ」

「そういうことだからだよ！　浮気と同じじゃん、きっっっしょいな！　だって、私は――」

　言いかけて、どうにかやめた。私は――渓介にとって一番の女じゃないんでしょ？　私よりも赤羽瑠璃が好きなんでしょ？　口に出すだに恐ろしい言葉だ。赤羽瑠璃に敵《かな》うはずがないのに。

案の定、渓介が溜息混じりに言った。

「俺は……こんなことで冬美と喧嘩したくない。隠してたことで、冬美を不安にさせたかもしれないけど……相手はただのアイドルだぞ？　冬美と比べられるわけないじゃん……」

じゃあ、赤羽瑠璃のこと推すのやめてくれる？　東京グレーテルのライブにも行かないでくれる？　金輪際、どんなアイドルも愛さないでいてくれる？　そう言いたかった。言いたい。誓わせたい。赤羽瑠璃のことを忘れさせたい。

でも、分かっている。赤羽瑠璃と天秤にかけさせたら、冬美は負ける。それがとても苦渋の決断であるという顔をして、渓介は冬美を捨てる。

絶対負ける賭けなんて出来ない。怒りに滾《たぎ》っていた脳内が、急激に冷えていく。ここで声を荒らげても、冬美の欲しい言葉は絶対に手に入らない。

冬美が人生を上手くこなす為には、諦めなければ。自分の手に摑める範囲を理解して、弁えなければ。

ここで渓介を失って、冬美には何が残る？

深く息を吐く。吸う。言いたかった全ての言葉を呑《の》み込む。えずきそうになるし、目には涙が浮かんでいる。けれど、等身大の絶望が、渓介には一番効くはずだ。

「……ごめん、私も冷静じゃなかった。私……渓介を責めたいわけじゃなくて……私……」

また嘘を吐《つ》いた。責めたかった。後悔させたかった。二度と赤羽瑠璃に会わせたくなかった。でも、冬美には選択肢が無い。


冬美、という名前が嫌いだった。十二月生まれだから、という途方も無い浅さが、自分によく似合っていて、苦しい。

我が世の春という言葉を初めて知ったのはいつだろう。それを聞いた時も、卑屈な冬美は自嘲した。自分に春は来ないのだ。あるのは冷たく寒い冬だけ。

瑠璃、という名前すら羨ましかった。あの顔立ちじゃなかったら、綺麗すぎて似合わなそうな名前。冬美の名前が『瑠璃』だったら、きっとスティグマになっていた。

渓介が『ばねるり』と呼ぶことすら耐え難かった。そっけなく簡素な『冬美』の響き。渓介は、女のことをそんなに気安く呼べる男だったのか。

当然ながら、渓介は赤羽瑠璃に全く似合わない。隣を歩いていても、全然お似合いではない。赤羽瑠璃は渓介のことなんか相手にもしないだろう。分かっている。

それでも、渓介の愛情を一身に受ける瑠璃が憎くてたまらない。

人生ずっと冬『彼氏がアイドル推してるの本当に気持ち悪い。アイドルだって女じゃん。ドルオタは彼女作んないでほしい』

人生ずっと冬『浮気じゃないならこれは何？　彼女より大切な女がいるんだから、浮気みたいなもんでしょ。公然とやって責められない分、それよりずっと性質悪い』

人生ずっと冬『あの女引退してくれないかな。本当に虫唾が走る』

この投稿をした後、冬美は人生で初めてバズった。何万人もの人間が冬美の投稿を回し、同じように怨嗟《えんさ》の声を上げていた。

Chill『わかる。めっちゃわかる。彼氏が目ギラギラさせながらアイドルダンス見てるの本当に冷める。自分が投稿したんかと思った』

まろ姐@スローライフ『私これで離婚したようなもんだから。家事も子育てもまともにしないのに、子供みたいな年齢のアイドルに金注ぎ込んでるの見てぞっとした』

みみ。『わかりすぎて苦しい。結局そっちの方が優先だし。うちより可愛い女の子に握手しに行くの考えただけで死にたくなる』

今まで全然得られなかった言葉に、冬美の心は躍った。やっぱり嫌な人は沢山いるし、それが原因で離婚になった人もいるのだ！　その言葉一つ一つを標本にして取っておきたいくらいだった。だって、冬美はおかしくないから。

反面『アイドルに嫉妬するなんて、どうせコンプ丸出しのブスだろ』『女って過剰反応しすぎるよな。相手は女として接してるわけじゃないのに』『一生懸命頑張ってるアイドルに酷いと思わないの？』というコメントもついていた。何にも知らない奴らの言葉だ。握手で金を取る人間が、女を売りにしてないわけないだろうが。

渓介の前にこれを出して、間違ってるのはそっちの方だと言ってやりたかった。赤羽瑠璃がこの投稿を見て、少しでもやりづらくなってくれたらいいのに。

結局、冬美の側が大きく譲る形になった。冬美は渓介の趣味に口を出さない。東京グレーテルのライブにも行っていい。ただし、ライブに行く時は嘘を吐かずにちゃんと申告すること。冬美のことを蔑《ないがし》ろにしないこと。冬美の前で赤羽瑠璃の話をしないこと。

「これからはちゃんと冬美の為に配慮するからさ。お互いに譲り合っていこうよ」

「……分かった」

それってつまり、私には譲れってことだよね？　結局私は、渓介があの女を推すのを我慢して見てなくちゃならないんだよね。怨嗟にも似た声が降り積もっていく。でも、これが大人の落としどころだ。これからも渓介と付き合っていきたいなら、ここで必要なのは絶対に和解。理解のある恋人。

「……ねえ、変なこと聞くんだけど」

「どうしたの」

「赤羽瑠璃に告白されたら、やっぱそっち行くの？」

「そんなありえない話されても。詐欺とか疑うよ」

そう言って、渓介が笑う。大丈夫。自分達はこういう冗談も言える。冗談であっても、渓介は「冬美を選ぶ」なんて言わないけれど。

「……その、冬美に我慢させなきゃいけないこととか、そういうのは申し訳無いと思ってて。その分他のところでは良いパートナーとしてやっていけたらいいなって思ってるから」

渓介が真面目な顔をして言う。およそ良い彼氏ではなく、単に無難な彼氏であるだけなのに、どうしてこうも嫉妬してしまうのだろう。ルックスも、アイドルとしての立場も、何でも持っている赤羽瑠璃が、たった一人自分のものである男すら手に入れていることが憎らしいのか。

だとしたら、冬美の中にあるのは愛ではなく、復讐心なのではないか？

それからまた一年が過ぎた。渓介は——めるすけは、ライブが行われる度に甲斐甲斐しく通っていった。赤羽瑠璃にしか使えないような黒色のペンライトを持ち、彼女の色のグッズを身につけながら。

冬美の家からライブ会場に向かうこともあった。最悪なことに、ライブ会場からは冬美の家の方が近いのだ。早起きをして出かける渓介を見送る度、苦しかった。

この一年で、冬美は気にしない振りが随分上手くなった。渓介は宣言通り赤羽瑠璃の話をしなかった。恋人らしいことが上手い二人だから、上手くいっているように見せるのも得意だった。

それに、ドルオタ活動のことがバレてから、明らかに渓介の態度が変わった。以前とは考えられないくらい、冬美本位で動くようになったのだ。

勿論《もちろん》、何もかもが理想の恋人というわけじゃない。けれど、明らかに冬美のことを大切に扱うようになった。東京グレーテル関連の用事が無い時は積極的に冬美に会いに来るようになったし、冬美が引っかかったことはしっかりと話し合うようになった。

冬美が性質の悪い風邪を引いた時は、有給を使ってまで三日間つきっきりだった。病人に幕の内弁当を与えようとするところは合わなかったけれど、それ自体は泣くほど嬉しかった。

「どうしたの、辛い？」

渓介がおろおろと狼狽《うろた》える。狼狽えるだけで何もしない。でも、それは出来ないだけだ。わざとじゃない。そのことが、冬美にも分かるようになった。なってきてしまった。

看病をされただけで泣くようなことはしたくなかった。こんなものが幸せでたまるかよ、と思ってしまうからだった。こんなの、多分なんでもない。他のカップルだってごく普通に行っている他愛の無いことだ。冬美の恋人は特別じゃない。どこにでもいるような男で、ドルオタだ。

「赤羽瑠璃と私が同時に熱出したら、どっちを看病する？」

「ばねるりは体調管理をしっかりする子だから、熱とか出さないよ」

欲しい言葉はそれじゃない。本当に、渓介は何も分かっていない。建前でいいから冬美だって言って、それで安心させてほしい。

熱に浮かされていると、アイドルに張り合っている自分が馬鹿みたいに思えてくる。それが怖い。赤羽瑠璃は自分と同じ土俵じゃない、と正気に戻りそうになる。でも、嫌なものは嫌なのだ。

「冬美が早く治るといいね」

子供みたいに渓介が言って、冬美は泣きそうになる。


上手くいっていたと思う。渓介の配慮は、本当に『配慮』だった。自分達の間にある不和の原因が、ゆっくり覆い隠されて見えなくなる。

その代わりに冬美が気をつけなければならないのは、ネットやテレビになった。

『おはようございます。東京グレーテルの赤羽瑠璃です』

朝の情報番組にはまるで似合わない、真っ黒なフリルのドレス。黒猫のような目で赤羽瑠璃が微笑んでいるのを見て、冬美は小さく息を呑んだ。

早く終わってほしい、という冬美の思いとは裏腹に、東京グレーテルは——赤羽瑠璃は、徐々に知名度を上げていった。勿論、地上波にどんどん出るような国民的アイドルになったわけじゃない。これだって、朝五時台だけの、ゲストのお天気リポーターだ。けれど、初めてその存在を知った時より、赤羽瑠璃は明らかに人気が出ていた。地下アイドルから、光の出る場所へ。

その結果、見たくもないのに赤羽瑠璃の姿を見ることが増えた。ＳＮＳで赤羽瑠璃の写真がバズることも多くなり、それが冬美を苛立たせた。どの写真のどの映像の赤羽瑠璃も、嫌みなほど黒が似合った。

表立って渓介は瑠璃のメディア進出を喜ばなかった。冬美が気にするからだ。けれど、『めるすけ』は素直に彼女を応援し、瑠璃がメジャーになることを喜んでいた。まるで、この世で一番嬉しいことであるかのように。

早く赤羽瑠璃がメジャーな、国民的アイドルになってほしいと思った。絶対に、渓介では手の届かないように。ライブも握手会もそうそう行けないようになれば、渓介の熱も冷めてくれるかもしれない。……いや、渓介はそんなことで冷めたりしない。自分が応援している推しが輝いていたら、きっと喜ぶ。

赤羽瑠璃がアイドルとしてひたむきに頑張っている限り、冬美は救われたりしないのだ。きっと。

ＳＮＳを開くと、過去にバズった投稿が再度バズり直していた。どうやら、ドルオタの彼氏のグッズを勝手に捨てたという投稿がまずバズり、それのカウンターとしてバズったらしかった。人の物を勝手に捨てたことはいけないと思うけれど、正直、気持ちが分かる。許されるなら、冬美だって捨てたい。

バズる度に、推しのいる彼氏が許せない女達の声が集う。世間から後指を指されるくらい不寛容な私達。バズると同時に、私に投げられる石も増えていた。

まこめ『彼氏がアイドル推ししてたら嫌っていう人、ちょっと歪んでませんか？　彼氏は所有物じゃないし……。この人は芸術とかそういうものを全く理解出来ないのかな？　なんでもかんでも女とか男とかでしか見られないの怖いですよ』

それを見た瞬間、カッと頬が熱くなるのが分かった。先日投稿した冬美の呟きに、知らない誰かがご高説を垂れている。何にも知らないくせに。何にも知らないくせに！　プロフィールを覗くと、プレ花嫁の文字が目に入った。こいつはきっと、私とは違う。恋人に愛されて十分な自己肯定感があるから言える綺麗事だ。私はそんな言葉を絶対に許さない。

冬美の思いとは裏腹に、その投稿は段々と伸びてきていた。千人以上が『まこめ』の投稿を回している。否定する人も多いけれど、それよりも断然支持が多い。『**そうですよね。勇気づけられます**』『**恋人との信頼関係が大事**』『**普通なら恋人の趣味を尊重したいと思うはず**』目を覆いたくなる言葉達。

「お前らの寛容さを示す為の踏み台にすんなよ……！」

広がりを示す数字がどんどん大きくなるのに耐えられなくて、冬美はスマホを投げ捨てた。なんだよ、お前らもアイドルの味方なのかよ。顔が良い方を庇《かば》うのかよ。

耳鳴りが止まない。息が浅くなる。今日はこれから、渓介に会うのに。

そこでふと、ある可能性に思い至って、めるすけのアカウントに飛んだ。今日も赤羽瑠璃への愛に満ちていて、見るだけで気持ち悪くなる。彼が『いいね』をした投稿一覧を見る。

果たして、そこにはさっき見たばかりの『**まこめ**』の投稿があった。

渓介は『**人生ずっと冬**』が冬美である可能性なんて考えていない。だって、めるすけは渓介の中の一番やわい、本音の部分。冬美の一切関われない場所。そこに冬美の居場所はない。考えもしないし想像もしない。

これを見て、冬美がどれだけ傷ついたかなんて。

それから冬美は渓介と久しぶりに酷い喧嘩をした。赤羽瑠璃の存在を知った時以来だ。酷い話かもしれないけれど、渓介が死んでほしいとすら思った。今、ここで。

「結局、渓介は何にも分かってない。だって、私より赤羽瑠璃に会う頻度の方が多いもんね？　それって私が付き合ってる意味ある？」

言葉にすると、自分が惨めで仕方なかった。ライブの回数を指折り数え、自分と渓介が会った回数と比べてしまう。不毛な争い。けれど、どう数えたって、赤羽瑠璃の方が渓介と会う頻度が多かった。

「だって、ライブだよ？　個人的に食事とか行ってるわけじゃないし、相手は俺のことほぼほぼ認知すらしてない。良くて熱心なファンくらいなんだぞ。冬美とは全然違う」

「でも頻度が、使ってる時間が違う。私より、赤羽瑠璃の方が——趣味の方が大事なんだもんね？」

どれだけ冬美が嘆いても、渓介はばねるりを推すのをやめない。本音では、それを冬美がニコニコ許すことを望んでいる。本当は、冬美だってそうしたい。赤羽瑠璃に対する嫉妬の念を全部どこかに追いやって、渓介の趣味を応援したい。

もういい、別れる。その言葉が出てきそうになってしまう。もしかすると、冬美は本当にそうすべきなのかもしれなかった。だって、これではお互いに救われない。でも、どうしてもその札が切れない。だって、冬美は赤羽瑠璃に勝てないから。渓介の趣味を邪魔したら、切られるのは自分だから。

こんなことで泣きたくないのに、また涙が溢《あふ》れてくる。推しに嫉妬して喚き出すメンヘラ。そんなのになりたくないのに。

「……冬美、別れたい？」

ややあって、渓介が静かに尋ねる。咄嗟に、首を横に振った。

「別れたくはない。だって、それ以外に嫌なことなんて一つもないから。渓介とこれからも一緒にいたいと思ってる。こんなんで喧嘩したくない」

「じゃあさ、」

渓介がそこで言葉を切った。

「いっそのこと一緒に暮らす？」

「え？」

「一緒に過ごす時間が問題なら、いっそのこと住んじゃうのはどうかなって。今まできっかけなかったけど、俺は冬美と暮らしたいって思ってたし」

「何それ、ていうか社会人になってからの同棲ってそれなりに重いよ？　分かってるの」

「え、でも……正直俺は、冬美と結婚すると思ってたから」

「ほんとに、何言ってんの」

「え、正直そうじゃない？」

突然のことに、上手く反応出来なかった。息が詰まる。

だって、人生の優先度は明らかに赤羽瑠璃の方が高いくせに。赤羽瑠璃と牧野冬美だったら、絶対赤羽瑠璃の方を選ぶのに。それなのに、渓介は冬美との結婚を考えてしまっている。そんな人生でいいの？　一番大事な人と結婚しなくていいの？

渓介の中では、考えもしないことなのだろう。だって、赤羽瑠璃はアイドルだから。今も着々とファンを増やし、みんなの赤羽瑠璃でいようとする彼女だから。

「分かった、一緒に暮らそう。よく考えたら、絶対そっちの方がいいよね。広いところに住めるだろうし」

出てきたのはまるで可愛げのない言葉だった。でも、渓介は嬉しそうに頷く。冬美の可愛げの無さを、ゆっくりと解いていってしまう。

恋人が出来ることを春が来ると呼ぶ。なら、渓介の口から結婚の話が出たことは、冬美にとっての春なのだろうか？

一緒に暮らすとなったらなったで、厄介なことも多かった。冬美と渓介は、共に生活するには結構価値観が違ったのだ。そもそも食べ物の趣味がまるで合わない。好き嫌いが綺麗に分かれているので、献立を考えるのが一苦労だ。

休日の生活リズムも違う。ライブが無い時の渓介は、意識不明になっているんじゃないかと思うくらいよく眠っていた。ドルオタ活動の時のアクティブさが信じられない。あと、面倒臭がりで何もしたがらない。電球一つ換えるのにも揉《も》めるし、挙げ句の果てには「身長そんなに変わんないんだからそっちが換えてくれてもいいじゃん」とまで言われた。身長が変わらないなら、尚更《なおさら》渓介に換えてほしかった。同じだけの苦労を肩代わりしてほしかった。


「なんで渓介って煮物に砂糖入れちゃうの？　苦手って言ってるじゃん」

「え、煮物に砂糖は言われてないんだけど。あれって煮豚の時の話だよね」

「煮物も煮豚も同じでしょ。甘い味つけ嫌いなんだってば」

「なんで冬美ってこっちがやる気見せたら揚げ足取ってくるの？」

「煮る系統の料理なんだから、甘い煮物も甘い煮豚も両方苦手だって察してよ」

噛み合わない。

「なんで作った後にお腹いっぱいとか言うの？　だから夕飯前に食べないでって言ったじゃん。渓介っていっつもそうだよね」

「後で食べるってば。夜中になったらお腹空《す》いてくるし」

「それで食事の時間がバラバラになるのが嫌なんだってば。ていうか揚げ物なのに後で食べられるのがそもそも嫌」

嫌なところばかり見えてくる。

「休日くらいどこか行こうよ。出かけた数少ないじゃん」

「それ、会う回数で揉めてた時と同じレベルだよ。俺は冬美とこうして生活を共にしてて、一緒にいることで仲を育《はぐく》んでるわけで」

「こうして一緒にいるだけじゃ意味ないって！　もー……なんなんマジで……」

「俺は冬美の考えが全然分かんないよ」

これって、本当は相性悪いの？

——私の春って、どこにあるの？

まともに付き合ったのが渓介だけだから、冬美には普通の恋人同士がどれだけ相性を乗り越えているのか分からない。これだけ我慢をしてまで一緒にいることが、幸せなのかも分からない。でも、今のところ冬美は渓介と離れたくない。果たして、離れたくないだけで、一緒にいていいものか。

薦《すす》められた本がまるで楽しめなくて、冬美は手軽な自傷に走る。スマホを取り出して、検索窓に『赤羽瑠璃』と打ち込む。

赤羽瑠璃のWikipediaを見ると、彼女の個人情報を簡単に知ることが出来る。普通ならこうはいかないけれど、何しろ彼女はアイドルなのだ。有名になればなるほど、赤羽瑠璃の個人情報が晒され、保存されていく。ここに集積されていく。

赤羽瑠璃の好きな食べ物は、渓介とよく似ている。きっと、二人なら献立で悩むことはない。赤羽瑠璃の為ならなんだってするだろう渓介は、電球だって率先して換えてくれる。並んで歩いた時、赤羽瑠璃の方がきっと映える。もし赤羽瑠璃がアイドルじゃなかったら、二人が自然と出会っていたら、きっと名城渓介と赤羽瑠璃が付き合っていたかもしれない。

……赤羽瑠璃のような女が、わざわざ名城渓介を選ぶかは別として。

とはいえ、自分よりも赤羽瑠璃の方が、渓介によく似合っている。

そう思うと、胸が痛くなる。何もかもが敵わない。当の赤羽瑠璃は、自分がこれだけ彼女を嫌っていることも——そもそも自分のことさえ、全く知らずにいる。『めるすけ』に恋人がいるかどうかすら、想像しない。冬美が受け取るはずだった愛の一部を搾取していることを、悟りすらしない。

そのことが悔しくて、悲しくて、冬美は今度こそ渓介と別れようと誓う。渓介が赤羽瑠璃に熱を上げているのを知ってから、何十回と立てた誓いだ。その度に、どうしても出来なくて悔しかった。

渓介から離れられないまま、月日が経っていく。

今の家が手狭だから、もっと広いところに引っ越そうという話になる。将来を見据えての話が出てきてしまう。食べ物の趣味が合わないのに。遥川悠真の本なんか全然好きになれないのに。休日の度に喧嘩して、映画だって一緒に観られないのに。

それでも、冬美と渓介は一緒にいる。生活をしている。

「誕生日欲しいものある？」

付き合い始めて数年が経ち、渓介が不意にそう尋ねてきた。

渓介は今まで冬美にそんなことを尋ねたことがなかった。いつもアイマッサージャーだとか、アレクサだとか、空気清浄機だとか、冬美が一度も欲しがらなかったものを無理矢理押しつけてくるのが常だったし、それは大抵喧嘩の種《たね》になった。それなのに、いきなりどうして？　と訝《いぶか》しんでしまう。すると渓介は何故か笑って、「いつも怒るのに何で今度は戸惑うんだよ」と言った。その通りだ。

ずっと渓介にはこういう配慮を望んでいた。プレゼントをあげる前に、ちゃんとリサーチしてくれるような。もっと言えば、冬美が何も言わなくても完璧なプレゼントをしてくれるような展開を。今回の渓介は魔法使いではないけれど、出来た恋人ではあった。

本気で悩んだ。色々求めていたはずなのに、いざ尋ねられたら全然出てこない。渓介に貰いたいもの。冬美が本当に欲しいもの。

そして、見つけてしまった。

大好きなサンドオリオンの新作の中で、一番面倒で、冬美に似つかわしくない、ガラスの靴を。

受注生産で限定販売される、真っ白いテディベアだ。

どうしてそれに焦《こ》がれたのかは分からない。だが、雪のように美しい毛並みを見て、冬美はなんだか泣きそうになった。欲しい。これが欲しい。飾り気の無い部屋には似合わないし、冬美が持っていてもアンバランス。きっと赤羽瑠璃なんかが持っていた方が映えるだろう、少女趣味の極地。

それでも、あれが欲しい。手縫いで作られるらしいそれは、結構な値段がした。普段の冬美だったら、これでもっと実用的なものを買う。でも、渓介に買ってもらえるなら。プレゼントしてもらえるのなら。

翌日、冬美は殆ど飛び降りるような気持ちで渓介に言った。

「……その、出来たらでいいし、全然期待しないっていうか」

「そんなにかしこまらなくても。俺が手に入れられそうなものなら頑張るからさ」

「でも、実用性無いよ？　渓介なら別のものが良いって言うと思う」

「なんでいきなり実用性の話するの。別に俺、実用性とかより冬美が欲しいもの優先するよ？　なんでそんなこと言うの」

渓介の表情が曇る。分かっている。こんなこと言いたくなんかない。渓介がどういう話ではなく、冬美の方が恥ずかしいのだ。実用性が無くて可愛いだけのものを、およそ冬美には似合わないだろうものをねだるのが恥ずかしい。ましてや、拒絶されたり笑われたら耐えられない。だから、予防線を張る。ある意味で、この卑屈な予防線こそが牧野冬美の人生そのものなのだった。

「このテディベアなんだけど……」

「へー、綺麗だね。うわ、たっか。でも分かった。頑張るわ」

果たして、渓介はあっさりと言った。数万円のブランドテディベアを、買うと言ってくれた。

信じられなかった。結婚を考えていると言われた時より、渓介の部屋にあるサンドオリオンのテディベアを見た時の方が心臓が跳ねた。ある！　サンドオリオンのテディベアが、ある！　薄く開いたドアの隙間からテディベアを見つけた時、勝手に箱を開けてしまおうかとも思うくらいだった。誕生日までは三週間以上あった。そんなに待てない。今すぐ欲しい。でも、渓介から貰えないと意味が無い。

あのテディベアさえ貰えれば、きっと冬美は救われるだろう、と思った。あれが、きっと冬美の呪いを全て解いてくれる。本物のガラスの靴だ。似合わないテディベアを、何の役にも立たないテディベアをくれるくらい、渓介は冬美のことが好きなのだ。

あれを貰えたら、冬美はもうそうそう怒らない。渓介しかいないって信じられる。相性が合わなくても、理想の相手じゃなくても、渓介が一番だって言える。ある意味で、テディベアは冬美の落としどころなのだった。あれをくれるなら、渓介とのこれからが幸せだって信じてもいい。

過ごした数年が幸せだったと、ちゃんと言う。


誕生日をこれほど楽しみにしたことはなかった。

当日は渓介の好きなものだけを、冬美の側が作ろうと思った。ケーキだって自分で予約しようと思った。引き取るのだけお願いしてもいい？　と笑顔でお願いしよう。

誕生日の十日前辺りから、渓介の様子が少しだけおかしくなった。

「ちょっと良いレストラン予約したからさ、誕生日はそこ行こう」

今まではそんなことがなかったから、ちょっと不思議に思った。渓介も今回の誕生日はちゃんとお祝いしてくれるんだな、と期待した。予約してくれたところはホテルの最上階にあるレストランで、夜景がキラキラ光って、それこそサンドオリオンのドレスのようだった。ここ、もしかして灰羽妃楽姫も来たところじゃなかったっけ。テレビのインタビューでそんな話を聞いた覚えがある。

少し気になったのは、連れだってレストランに向かう渓介が、あの大きな箱を持っていなかったことだ。サンドオリオンの白いテディベアは、それ自体もとても大きい。隠せるはずがない。もしかして、先にレストランに預けてくれたんだろうか？

席に着いてすぐにプレゼントをくれるのかと思ったけれど、食事が普通に始まった。コースが着々と進んでいくのを見て、冬美はプレゼントは最後なのかと少しがっかりした。まるで子供みたいですらある。けれど、そのくらい、楽しみだった。

「冬美、誕生日プレゼントなんだけど」

デザートが来る前に、渓介がそう言った。期待に胸が高まる。じわりと涙すら浮いてくる。渓介の手が、懐《ふところ》に入れられた。

「結婚してください」

渓介が差し出してきたのは指輪だった。


テディベアは？

部屋の中で見た白いテディベアが幻覚だったはずがない。プロポーズに「嬉しい」と答えた声は、まるで他人のようだった。幸せにすると言われた。幸せにしてほしい、とも言われた。言葉が耳に入ってこない。冬美のテディベアは、どこに行ってしまったの？

探すまでもなかった。殆どルーティンとなってしまった『赤羽瑠璃』の検索で、探していたものが見つかった。


赤羽瑠璃が、白いテディベアを持っていた。

サンドオリオンの限定品。

冬美が欲しくてたまらなかったもの。

動悸がした。体温が低くなって、息の仕方が分からなくなる。

直感した。

あれは、私のものだ。

私のものだったはずの、ものだ。

けれど、今やそれは赤羽瑠璃の元にある。

シンデレラの靴がよく似合う、美しきお姫様。名城渓介の人生の中で、牧野冬美よりも大切な女の元に。

人間が一皮剝けば単なる肉塊《にくかい》であるように、アイドルだって舞台で隔てられなければただの女である。

赤羽瑠璃と渓介は、肌を重ねたことはない。二人きりで会ったこともない。瑠璃のプライベートのことなんか、渓介は真の意味では何にも知らない。

けれど、二人は心が繫がってしまっている。――こんな抜け道があっていいだろうか？　セックスをしていなくても、二人きりで会っていなくても、これは浮気だ。もしこれが普通の浮気だったら、冬美には怒る権利が与えられただろうに。周りの人間に呆れられることなく、私のテディベアが盗られた、と泣けたのに。

相手がアイドルだから、きっとこれは笑い話になってしまう。冬美がどれだけ悲しくて苦しくて本気で怒っているかを、他の誰も理解してはくれない。

渓介を返して、と冬美は痛切に思った。たとえ赤羽瑠璃にとっては都合の良い従順なファンの一人でしかなくても、冬美にはたった一人しかいないパートナーだ。結婚を控えている相手だ。王子様なんか求めてこなかった。どうしてそんな相手すら、あんたのような女が奪うの？

ちゅーじろ『よっぽど彼氏のこと好きなんだな。そこはちょっと感動するわ』

不意に、そんな言葉を思い出した。冬美の投稿についたコメントの一つだ。そんな軽い言葉で私のことを語るな、と思った。これは愛じゃない。愛はもっと、綺麗で純粋で――溪介から赤羽瑠璃に向けられるようなものだ。冬美にはきっと、与えられないだろうもの。

ファンでもない女がアイドルへの傷害で逮捕されたら、どんな結末が待っているだろう。なんだって特定される時代だから、冬美の彼氏が東京グレーテルの古参オタクであることもすぐに知れ渡るに違いない。そうしたらきっと、この感情すら玩具《おもちゃ》にされてしまう。

東京グレーテルのライブは盛況だった。もう地下アイドルなんて呼べないだろう。少し距離が近い、一角《ひとかど》のアイドルだ。当日券を買うのにも並ばなくちゃいけなかったし、それでも大分酷いエリアに通された。ステージが遠くてよく見えない。溪介が新設されたファンクラブに入ってまでアリーナを取るのに固執している理由も分かった。ここでは、赤羽瑠璃は冬美に気づきすらしない。

冬美は朝早くに家を出た。どうしても東京グレーテルのライブチケットを手に入れたかったからだ。何時間並んででも、冬美は赤羽瑠璃に会いに行かなければならなかった。

有名になってもなお、東京グレーテルには握手会の文化があった。規模が拡大された物販で、それなりの値段の握手券を買えば参加出来る。たとえ、東京グレーテルの赤羽瑠璃がまるで好きではない冬美でも。まるで春を売るみたいに。どれだけ綺麗に飾り立てても、冬美にとって赤羽瑠璃の存在は『そういうもの』だ。

赤羽瑠璃に会う。そして、あのテディベアが誰のものだったかを思い知らせてやる。

赤羽瑠璃が軽い気持ちで貢がせた白いテディベアは、冬美にとってのガラスの靴だった。特別なものだ。あれだけが欲しかったのに。

東《とう》グレのライブはちゃんと持ち物検査があって、冬美が鞄に入れていた大振りのハサミは入口で回収されてしまった。ちゃんとしている。ただ、たとえそれを奪われても、素手で摑みかかってやろうと思っていた。すぐ止められてもいい。赤羽瑠璃に自分の怒りを思い知らせてやりたかった。

渓介もこの会場に来ているだろう。もし冬美が大切な赤羽瑠璃に手を出したと知ったら、渓介はどう思うだろうか。自分がどれだけ冬美を傷つけていたかを知って反省するだろうか。それとも、赤羽瑠璃の安否が心配でそれどころじゃないだろうか。赤羽瑠璃を傷つけた冬美のことを、渓介は決して赦《ゆる》さないかもしれない。それは正直、かなりウケる。

めるすけ『男って誰もが一度はミニカーを愛する時期がある気がするのに、今は何故か一個も残ってないよね』

渓介が少し前にしていたその投稿を覚えている。

赤羽瑠璃がミニカーのようなものであってくれたらいい。いつか必ず飽きるものであってほしい。過ぎれば欠片《かけら》も残らない、春の嵐であってほしい。

でも、そうではない気がしている。赤羽瑠璃は、渓介にとってあまりに特別なのだ。捨てられるミニカーじゃない。いつまでも大切な、一番。そんな人間と、本当に一緒にいられるだろうか。

「あのー、お姉さん誰のファンですかー？」

後ろにいたファンに声を掛けられたのは、その時だった。

声を掛けてきたのは、冬美とそう変わらない年齢の女性ファンだった。こう言ってはなんだけれど平凡な顔立ちで、こんなタイプもアイドルにハマるのか、と思ってしまう。

それはそうとして、突然話しかけられたことに戸惑った。咄嗟に冬美は「ば……ばねるりです」と答える。

「あー、やっぱり！　いいですよねー、ばねるり。私も最初ばねるりから入りました！

ストイックだしビジュも良いし、地頭の良さそうなところが好きなんです！　今は網告《あみつげ》ひいろ推しなんですけど！」

それからも女性はぺらぺらと何かをまくしたてていたが、冬美が乗ってこないことを察すると、ありがとうございますと言って引き下がった。冬美もなんだか申し訳無くなり、軽く会釈をする。本当はばねるり推しなんかじゃない。むしろ、彼女を憎んでいる側だ。今から冬美は、赤羽瑠璃を害しに行く。

見渡してみると、辺りには黒いペンライトや公式グッズらしき黒いリボンを巻いた人達が大勢いた。自前で作ったのであろう黒い半被《はっぴ》を着た人、赤羽瑠璃と書かれたうちわを持っている人。

女の子のファンは赤羽瑠璃にそっくりな格好をして、目を潤ませながら開演を待っている。会場には、びっくりするくらい赤羽瑠璃のファンがいた。

みんなが赤羽瑠璃に愛を捧げ、代わりにささやかなパフォーマンスを期待していた。ふざけるなよ、と思う。それだけ赤羽瑠璃を愛したところで、赤羽瑠璃は見ていない。何か大きな流れとして、お前らを消費するだけだ。そこに愛なんかない。偽りの春だけがそこにある。

――さぞかしいい気持ちだろう、赤羽瑠璃。これだけ沢山の人に愛されて。お前だけが、愛されて。赤羽瑠璃の他は、この世の誰一人特別じゃない。単なる脇役だ。

冬美の愛する、名城渓介でさえも。

客席からアイドルまではあまりに遠い。握手会で触れる数秒ですら、遠い。

それが理解出来て、冬美は小さく笑った。虚しさの混じった、乾いた笑いだった。顧みぬものの為に、自分も渓介も脅かされている。苦しみ、惑い、地獄を見ている。

「……すいません、出ます」

気分が悪くなったので、と言うと、周りはあっさりと道を空《あ》けてくれた。良いファンばかりだ。もしかすると、ライブを邪魔されたくないだけかもしれないが。

八千円もしたチケットを捨てて、会場を出る。

赤羽瑠璃の歌なんか聴いてやらない。パフォーマンスだって見ない。

——お前の『アイドル』なんかで浄化されてたまるかよ。

冬美は赤羽瑠璃を絶対に赦さない。


家に帰ると、渓介がいた。東京グレーテルがライブをやっている時間なのに、めるすけがいた。

「うわ、どこ行ってたんだよ。連絡つかないし」

「……ライブは？」

「え、何？　東グレ？　冬美がいないから行けなかったんじゃんかよ。何も言わずに朝早く出るとかさ……出て行ったんかと思ったわ」

「私がいなくなったのに探さないのかよ」

「でも待ってたじゃん」

不服そうに渓介が言う。そう。その通り。渓介は冬美のことを探しに来てくれない。迎えには来ない。ガラスの靴を渡しに来ない。電球だって替えてくれない。

けど、冬美がいなくなったら、一回分の赤羽瑠璃を諦めて家にいてくれる。二度目は無いだろう。次同じことがあったら、きっと渓介は赤羽瑠璃を選ぶ。でも、今日はこの家にいた。

これを愛とは呼びたくない。愛とは、名城渓介が赤羽瑠璃に捧ぐものだ。それなのに、名城渓介は牧野冬美と結婚する。生活をしていく。ざまあみろ、と冬美は思う。冬美の投げた石は、スポットライトの熱で溶けてしまうだろう。そのくらいが精々だ。

「……馬鹿みたい」

それでも、憎むしかない。愛の紛い物を、やるしかない。きっと名城渓介など知らない赤羽瑠璃に、なけなしの復讐をしてやる為に。春を、それなりの春を、迎える為に。

星が人を愛すことなかれ

羊星《ひつぼし》めいめいになってから、時間は何よりも価値のある資産だ。一時間あればサムネイルが作れる。Short《ショート》の作成が出来る。後回しになっている動画の編集が出来る。突発雑談配信が出来る。一時間は無限大だ。

だから、五年付き合った相手との別れ話でも、長谷川《はせがわ》雪里《せつり》はずっと時計を気にしていた。

ここから先には何も無い。だったらどうしてここにいる？

いっぱい傷つけちゃってごめんね。今までありがとう。龍人《たつと》と過ごした日々は私にとって大切な宝物だよ。ちゃんと反省してる。今までありがとう。うん、これ以上傷つけたくないから。今までありがとう。これからも良い友人でいられたら嬉しい。今までありがとう。……これ、何回言ったら終わるわけ？

別れ話なんだから結論は別れるしかありえないんだし、ここから引き下がるつもりも特に無い。龍人だって雪里とこのまま続けていくつもりはないんだろうし、これ以上話し合いを続けていても時間の無駄だ。これ、何かに似てるなぁと雪里はぼんやりと思う。あれだ。何にも心に響かない時の、先生のお説教だ。五年間の末にもたらされるものがこれだと考えると、雪里はそれこそ悲しかった。積み重ねられるもののない、成果の無い時間が苦手だから。

「……それ以上、なんか言うことないわけ」

龍人はまだ不満げに雪里のことを睨んでいる。

正直な話、雪里からしてみればこれ以上何を言えばいいのか分からない。今までありがとうを何回言ったと思ってるんだ。その感謝の気持ちは嘘じゃないのに、別れ話が長引けば長引くほど、その気持ちも薄く伸ばされて消えていきそうだった。差し当たって、雪里はしおらしく言う。

「私には何も言う資格無いよ。散々傷つけちゃったから」

何も言う資格が無い、じゃなく、何も言ってやる気が無いだけだ。オブラートに包んでしゅんとしてみせて、早くここを乗り切りたかった。すると、龍人は今までで一番傷ついたような顔をして、大きな溜息を吐《つ》いた。

「……雪里、変わったよ。本当に。お前、本当に俺の知ってる雪里なの。マジで馬鹿らしい」

それはこっちの台詞《せりふ》だけど、と言ってやりたいけど、時間の無駄だからやらない。とにかくさっさと終わって欲しかった。私の時間はとても貴重なのに、未来の無い相手に対してもう二時間半も使ってしまった。ああ、今夜の配信に向けてSteamの更新もしておきたかったのに。もう時間が無い。

「ごめんね。そう思わせちゃって。でも、私は龍人と付き合えて幸せだった」

心にも無いことを笑顔で言うのに慣れた。

何しろ雪里はあの羊星めいめいなのだ。相手の求める言葉や反応くらい手に取るように分かる。

それでも雪里は「ごめん。変わるから別れるなんて言わないで」という、大正解の言葉を言ってやらない。龍人は雪里にとって大事な人だったけれど、めいめいにとってはそうじゃない。


龍人が帰った後は、急いで配信の準備を始めた。

案の定、今日遊ぶ予定だったオープンワールドゲームは雪里のパソコンではスムーズに動かなかった。ぶっつけ本番だったら事故になるところだった。設定を変えてMODを入れて、どうにか快適に動くようにする。他の配信者達も競争のように遊んでいるゲームだから、ここで出遅れるわけにはいかない。流行のゲームは波に乗れるかで決まる。

ゲームの方が整ったら、あとはLive2Dモデルの調整だ。先週から使っている新衣装はきらびやかで可愛いけれど、その分少し不具合が起きやすい。問題点をまとめてモデラーさんに調整を依頼するべく、まずはこのモデルに慣れなくてはいけない。カメラの前で雪里が首を傾《かし》げると、ふわふわした水色の髪の少女も合わせて首を傾げる。金色の角《つの》にはリボンと包帯が巻かれている。星を宿したピンク色の目が雪里を見つめる。これで、羊星めいめいの準備も完了だ。

そうしている間に、もう配信の時間が来てしまった。めいめいは毎日の生配信に遅れないことを信条としている。ああ、やっぱり龍人にはもっと早くに帰ってもらうんだった。というか『大事な話がある』ってメッセージが来た時点で、話し合いを別日にすればよかった。そうしたら、今日はもう少し凝ったサムネが作れたのに。ファンアートタグを巡って、使用許可を取って——。

さて、切り替えなくちゃ。わざわざ声に出して呟く。ヘッドセットをつけ、雪里は二万人の視聴者に向かってバーチャルな笑顔を作る。

『みなさーん！　こんにちめいめい、天然かわいいあなたの守り神。羊星めいめいでーす！』

コメントが流れていく。人々の歓心の渦の中に、めいめいが飛び込んでいく。

羊星 めいめい（ひつぼし めいめい）は、日本のバーチャルYouTuber。所属事務所はきだプロ。頭部に羊の角を持つ。十二支をモチーフにした守り神ユニット・トゥエルヴアクロスターズの一人であり、未年の神。天然でドジだが何もかもに一生懸命。

「Vtuber……ですか」

三年前、雪里はVtuberのことを殆《ほとん》ど何も知らなかった。

社長に渡された名刺を訝《いぶか》しげに見て「私がこれってこと……ですよね？」と呟く。机に置かれた資料には、黄緑色の髪をした羊モチーフの少女——羊星めいめいが星を宿した目で笑っている。

「そうだよ〜。今や地下アイドルとか普通の配信者なんか比べものにならないくらい人気なんだから。スパチャの額とか、普通に働いてるのが馬鹿らしくなるくらいだよ」

「アニメの子の声を当てて配信するってことですよね。私、声優でもないのに……」

「大丈夫大丈夫。やったことない素人がどんどん出てきてるんだもん。雪里ちゃん一応プロなんだし、絶対いけるって」

「プロというか……元プロ、みたいなものですけど」

苦笑しながら、雪里が言う。

雪里はかつて、東京《とうきょう》グレーテルという地下アイドルグループに所属していた。どこにでもある、特に目立つこともない普通のグループだ。その中でも、雪里は更に目立たない、数合わせのようなメンバーだった。

『雪里が可愛いのは自然の摂理〜! マジケミグリーン長谷川雪里です!』

割り当てられたのは緑色で、『せつり』という名前に合わせた口上を言わされた。

緑の衣装を渡された時から、既に雪里は勝負を投げていた。だって、緑色を割り当てられた女の子が一番人気になる未来、無くない? どんなアイドルグループだって、どんなアニメだって、緑色が主役なことはない。でも、雪里は緑がお似合いなレベルだったのだ。自分でも、ピンクや赤ではないことは分かっていた。納得してしまったから、そこに甘んじた。

同期にも後輩にも隅《すみ》に追いやられながら、雪里は徐々にその位置に順応していった。別に、よくない? 目立たないけど踊れるし。ソロパートは無いけれど歌えるし。地下の冴えないアイドルであっても、アイドルには他ならないし。一応、顔を完全に覚えてしまえるほどのファンはいるし。たとえそれだけであっても、単なるフリーターの二十六歳よりはマシだし、好きになれた。二十代半ばになってもアイドルをやらせてくれるところが、東《とう》グレのいいところだ。雪里の長所とは、偏《ひとえ》に高望みをしないところだったかもしれない。

そんなぬるま湯に浸ったような生活も、終わりの時が来た。東グレが新編成となることが決まり、一期生はほぼ全員卒業を迎えることになったのだ。東グレにいても意味は無い。沈みゆく泥船に乗っているよりは、新天地へ向かう方舟《はこぶね》に乗った方がいい。

一応、雪里は卒業に抵抗した。残りたい人間は残っていいという話だったから、素直にその話を受け取ったのだ。まさか、緑の衣装を握りしめた雪里に「もうそろそろ、ちゃんとした方がいいと思う」なんて言葉が投げかけられるなんて思ってもみなかった。周りのみんなは卒業だったかもしれないけれど、雪里にとっては明確にクビだった。

雪里の数少ないファンは泣いてくれて、それで雪里もふんぎりがついた。正直、今までどうして東グレが存続出来たのか分からない。ここにはアイドルになりたかった女の子がいっぱいいて、彼女達に束の間の夢を見せる為だけに運営されていたんじゃないか——なんて、そんなことまで考えた。そのくらい、東グレは雪里にとって素晴らしく、美しい舞台だった。

東グレを辞めて『普通の女の子』になった雪里は、ただぼんやりと過ごしていた。東グレ時代は単発バイトばかりをやっていたから、いざ一から働き始めるとなっても何をしていいか分からない。もう一度どこかの地下アイドルグループに加入しようかと思ったが、雪里は既に二十七歳になっていた。古株ならまだしも新規メンバーでその年齢の女を入れてくれるところはほぼ無いだろう。雪里は自分が実年齢よりも若く見えることを知っていたけれど、それでも。

コンビニのバイトも事務の仕事も続かなかったので、雪里はコンセプトカフェとガールズバーの間にあるような店で働くことにした。こういう店では、一応雪里の『元アイドル』の肩書きが生きる。エクセルも扱えない雪里が持っている、唯一の資格だ。人と話すのは好きだったし、人前に立つのも好きだ。バータイムに歌を披露している時は、それこそ東グレに戻ったようで楽しかった。

その時、雪里はどうしようもなくあの舞台が好きだったことに気がついた。

長谷川雪里は、東グレでいたかった。アイドルでいたかった。失ったものの輝きを前に、雪里はなんだか泣きそうになった。

そんな雪里の心を埋めてくれたのが、細谷《ほそや》龍人だった。

彼はバーの常連客で、ゲームを作る会社でプログラマーをしていた、これまた普通の男の人だった。けれど、龍人は優しかった。歳も雪里と同じだったし、趣味が近かったので話が弾んだ。

東グレに所属していた頃は、恋愛なんか興味が無かった。表向きの恋愛禁止なんて殆ど誰も守っていなかったけれど、雪里は恋人を作る気にはなれなかった。なんだかツキが落ちるような気がしたし、楽しめもしない。ステージの上でファンに愛されることの方が、絶対に満たされるだろうに。ファンを失うリスクを背負ってまで恋人を作ったって、その愛情は結局一でしかない。大切な一人がいるより、雪里は一億人に愛されたい。

結局、恋人を作らずに真面目にやっていた雪里より、裏でメン地下と繋がっているメンバーの方がよっぽど人気なのが世知辛《せちがら》かった。そんなものだよな、とも思う。

ある意味で、龍人と付き合うことは雪里にとってのイニシエーションだった。いつまでも東グレにこだわって動けない自分を、強引に前に進める為の手段。龍人にぐいぐいとアプローチされること自体も悪くなかったし、休日にやることが出来るのも良かった。ライブやら練習やらで埋まっていたカレンダーが、ごく普通の一人としての予定で埋まっていく。龍人のお陰で、雪里は人生の最も虚無な時期を乗り越えることが出来たのだ。

そうして安定していた雪里を呼び出したのが、とあるプロダクションを経営している木《き》田《だ》社長だった。

てっきりアイドルとして活動しないかとスカウトされると思っていたのに、木田は全く予想だにしないものを持って来た。アニメ調の美少女『羊星めいめい』の資料である。最近はリアルなアイドルよりも人気で、みんなが夢中になっている、企業案件もどんどん増えているバーチャルなアイドル。その中の人——魂として、雪里はスカウトされたのだった。

「雪里ちゃんの東グレ時代のライブ映像とか色々観させてもらったんだけどね、雪里ちゃんは声がいいよ。ちょっと見た目に合ってないところがあったから、アイドル時代は苦戦したと思うけど」

木田社長の言う通りだった。雪里の声は高くて甘い、いわゆるアニメ声に近いものだ。けれど、雪里の外見は童顔よりも大人びた顔立ちに寄っていて、しかも他のメンバーよりやや歳上だった。声と外見のギャップも、長谷川雪里が人気を得られない理由だった。

その点、このめいめいとの相性はどうだろう。まだ声も当てたことがないのに、似合う、と思った。長谷川雪里に合わなかった声は、羊星めいめいに合う。くりくりとした目、背の低い身体《からだ》。今にも弾けそうな元気たっぷりの外見。冴えないと思っていた緑色の髪も、めいめいにかかれば輝かんばかりだ。きっととても可愛くなる。

「デザインいいでしょ。十二支モチーフでやってこうと思ってさ。この子はひつじの神様なんだ。リスナーを守護する守護神って設定で、天然でドジっ子なんだ。だから、元気に可愛く演じてほしい。基本は雪里ちゃんの好きにやってくれて構わないから」

「そうなんですね。その……すごく、可愛いと思います」

「でしょう！」

木田社長が顔を綻《ほころ》ばせる。

話を聞いている内に、雪里の胸はどんどん高鳴っていった。雪里は既に二十九歳になっていた。自分でも、新しくアイドルをやるのを諦めてしまっている。でも、Vtuberなら？ MCをやる機会には殆ど恵まれなかったけれど、いつ振られてもいいようにトークスキルは磨いてきた。歌だって、人並み以上には歌える。この声だって、特徴的で可愛いはずだ。めいめいだったら、雪里はもう一度夢を追える。それだけじゃない。東京グレーテルの長谷川雪里が届かなかった場所まで行けるかもしれない。

「すごく……すごく、やってみたいです！」

「そう言ってもらえると嬉しいな。話をしに来た甲斐があった」

「でも、どうして私なんですか？」

既に地下アイドルから卒業して二年近く経っていて、当時だって特に目立たないアイドルだったのに。すると木田社長は困ったような、面白がっているような、微妙な笑《え》みを浮かべた。

「いやね、最近……東グレが熱いでしょ」

それを聞いて腑に落ちた。——なるほど、そういうことなのか。

殆ど花開くことなく散っていく地下アイドル業界で、東京グレーテルはなんと飛躍的に伸びたのだ。今や、あそこで雪里を追い出していて正解だったと思うような人気ぶりである。この間は地上波のテレビにまで進出していて、悪い冗談みたいだと思った。

その躍進の立役者となったのが、センターの赤羽瑠璃《あかばねるり》という女の子だった。

赤羽瑠璃は、雪里が所属していた時からいるメンバーの一人だ。雪里と同じくらい東グレに熱心だったけれど、雪里と同じくらい影が薄くて人気の無かった子だ。冴えないピンク色を着せられてバックダンサーのように扱われている瑠璃を見て、雪里は密かにシンパシーを覚えていた。

今の赤羽瑠璃は、アイドル衣装としては珍しい黒を身に纏《まと》って堂々と歌い踊っている。周りの色を食ってしまいそうな黒色を見事に着こなし、しかも悪目立ちしていない。華やかで美しく、見るものの印象に強く残る子になっていた。

アイドルグループの躍進に必要なのは、一人のカリスマである——なんて言われていたけれど、赤羽瑠璃はまさにそれを体現していた。ストイックで真面目で、美しい孤高の黒。

それを見て、雪里は更に強く憧れを募らせた。あそこでもう少し粘っていたら、もう少しわがままを言っていたら、自分もあの輝きのおこぼれを貰えたかもしれない。地上波に出られたかもしれない。それを思うと、同じ立ち位置にいたはずの赤羽瑠璃が眩《まぶ》しくて仕方なかった。赤羽瑠璃は、雪里のなりたかったアイドルそのものだった。

「正直な話、あの東グレブームに乗っかりたいところがあるんだよね」

なるほど、そういうことか。と思う。今になって東京グレーテルの価値が上がったから、引っぱられるように雪里の価値も上がったわけだ。たとえ人気の無い端役《はやく》のメンバーであっても、元東グレには違いない。

「えっと……でもこれ、長谷川雪里って名前じゃなくて、この子の……羊星めいめいって名前で配信するんですよね？　だとしたら、私が元東グレであっても関係無いんじゃないですか？」

「あー、まあそうなんだけど。前世は絶対にどこかでバレるから。今回の場合はさりげなく分かるようにしちゃおうかなって感じもしてるし」

「前世？」

「Vtuberがどこで何をやってたかってこと。元々が有名な配信者だったら箔がつくし、売れてなくても現役声優が中身だからってことで人気の子だっているし。元東グレで引っぱってこれる層はあると思うよ」

次から次へと新しい情報と価値観が流し込まれて、雪里はびっくりしっぱなしだった。未年《ひつじ》の守護神を演じながら、元地下アイドルを売りにする矛盾。でも、これから配信をしていくなら、視聴者が見るのは多分『羊星めいめい』の奥に透けている長谷川雪里なのだ。そちらの方が、多分ファンはつきやすい。

「……私、東グレであんまり人気無かったですよ？　大丈夫かな」

「それも大丈夫。あの頃の東京グレーテルを追いかけてた層なんかいないし、東グレの名前が重要なんだよ。ばねるりと一緒に歌ってたってだけで、十分なハッタリが効くんだから」

それを聞いて、不思議な気持ちになる。あれだけ羨んで妬《ねた》んでいた赤羽瑠璃のお陰で、雪里は新しい舞台を貰えたのだ。今まで瑠璃を妬んでいたことが恥ずかしくなるくらいだった。彼女が売れてくれたから、雪里がめいめいをやれるのだ。そう思うと、いよいよ雪里はこの仕事を運命だと感じた。

「やらせてください。私は必ず、めいめいを人気者にします。誰からも愛される——本物のアイドルに」

こうして、長谷川雪里は羊星めいめいになったのだった。

木田社長のやっている事務所に所属しているのは、もう殆どがVtuberだった。この業界では結構有名な事務所のようで、上の方には登録者数が百万人を超えている子もいた。

百万人。私がいた頃の東京グレーテルのライブなんか、三百人いたら大盛況なのに。

なので、めいめいのデビュー配信にも結構な人数の視聴者が集まった。表示された四万人という数に、思わず笑ってしまったほどだった。

『こんにちめいめい〜。北北東からやって参りました、未の守護神羊星めいめいです〜』

一生懸命考えて練習した、ごくごく無難な挨拶をすると、それだけでコメントが沸き立った。**『声がかわいい』『デザインが勝ち組』『既に推せる』**……雪里が言われたことのないようなコメントばかりだ。

雪里はめいめいとして、およそ一時間一生懸命に話した。他のVtuberの配信をチェックして凝った紹介映像を作って流し、話す内容もしっかりと組み立て、何度も練習して本番に臨《のぞ》んだ。配信の最後では、歌も歌った。東グレの最新曲だ。木田社長に勧められて、披露出来るように練習してきたものだ。評判は上々だった。雪里の歌の上手《うま》さを褒めるコメントが溢《あふ》れ返り、雪里は思わず泣いてしまった。その涙さえ、視聴者を喜ばせた。

羊星めいめいの初配信は大成功だった。配信を終えた頃には、もう既に登録者数が五万人を超えていた。今まで味わったことのない達成感だった。この日の為に、雪里は東京グレーテルに所属していたのだとすら思った。

【きだプロ】話題の新人羊星めいめい初配信後即登録者十万人突破【元東グレ】

自分の――めいめいの名前を検索して出てきたまとめサイトのタイトルを見て、雪里は嬉しさ半分驚き半分だった。確かに色々と前世を仄《ほの》めかしてはみたけれど、本当に特定されている。恐る恐る中身を見てみると、中は概《おおむ》ね好意的な反応だった。

『元東グレならあの歌の上手さとかトークスキルとか納得だわ。あのばねるりが埋もれてたところだからな』

『中の人がアイドルって強いんだな。思い知ったわ』

『魂こんな透けてるのにちゃんと羊星めいめいやってるのが偉い。これからもなるべくRP頑張ってほしい』

『これ、めいめいの前世が歌ってるところ。卒業したけどまだつべにあったわ』

『美人すぎて草』

『この時から歌上手いんだね』

『声がまんますぎる』


またじんわりと心が温かくなっていく。東京グレーテル時代は誰にも響かなかった歌が、こうやって届いている。まるで雪里の過去が丸ごと掬《すく》い上げられているみたいだった。

雪里はちゃんとアイドルを頑張っていて、ストイックにやってきた。誰も認めてくれなかったけれど、めいめいのファンがそれを見てくれる。やってよかった。また涙が溢れてきた。

勿論《もちろん》、好意的な反応だけじゃない。**『すぐ中の人をバラすの萎《な》える』『東グレ使って売名してるのが姑息』『ていうか長谷川雪里が中の人なら、結構歳いってるな』**など。でも、そんなことなんか気にならなかった。誰からも反応を寄せられないより、雪里にとってはよっぽどマシだった。

この瞬間に雪里は、羊星めいめいに命を懸けようと思った。

明るくて元気いっぱいな、未の守護神。みんなに愛される羊星めいめいを守り抜く。他のどんなVtuberより本気で演じよう。この子を愛し、この子になろう。長谷川雪里の今までは、めいめいのこれからの為にある。

雪里はストイックで努力家で、アイドルに人一倍熱心だった。最初の弾みさえつけば、スターになれる資質があった。赤羽瑠璃にとってのガラスの靴は黒いドレスだった。長谷川雪里にとってのガラスの靴は、羊の角を生やした世にも可愛らしい神様だった。

当然ながら、引き留めなかった龍人はその後雪里の元から去って行くことになるのだが。配信の仕事があるから、雪里と龍人は同棲をしていなかった。

それどころか、家に入れても二階の配信部屋には絶対に入れなかった。誰かを家に入れることは放送事故の元だ。だから、わざわざ自宅はメゾネットタイプにして、スペースから分けた。防音のしっかりした配信部屋は、めいめいの為だけの城だった。

その甲斐もあって、別れたところで目に見える何かが変わったわけじゃない。

なのに、龍人と別れてからの雪里は寂しかった。こんな寂しさを覚えることがあるのか？　と思うほどだった。これからは恋人がいない。五年も龍人と一緒にいたから、そのことが上手く咀嚼《そしゃく》出来なくなる。

二百万人のチャンネル登録者がいて、配信には二万人が来て。それで寂しいなんて、何かが間違っている。間違っているのに、雪里はベッドから動けない。未練がましい恥知らずとして、元恋人がひょっこり戻ってくるのを待っている。

Vtuerとして活動すると決めた時、まずは龍人に相談した。雪里自体はVtuberに詳しいわけじゃなかったし、フリーター同然で仕事を転々としている雪里のことを一番心配してくれていたのも龍人だったからだ。

「へー、いいじゃん。俺はあんまりそういうの見ないけど、駅とかの広告すごいじゃん。周りにも好きな奴いっぱいいるし。しかも確かそこ大手だぞ」

「そうなんだ……」

「地下アイドルよりも全然人目につくと思う」

「でも私……あんまり機械に詳しくないから……どうやったら配信出来るのかとか分かんない。大丈夫かな」

「最悪色々ミスってもさ。長谷川雪里だってことがバレバレな状態で配信するんだろ？身バレのこととか気にしなくていいじゃん」

機械に弱い雪里だったけれど、その『中の人』の概念については色々と調べた。社長の言う通り、なんと有名どころのVtuberは殆どが中の人がバレていた。Vtuberの『前世』は色々あり、元々が有名な配信者だったり、声優だったり、雪里のようなアイドルだったり——本当に色んな人がいて、しかもそれを公然の秘密としている。

それが何より嬉しかった。中身が長谷川雪里であるせいで羊星めいめいの足を引っぱったらどうしよう……と思ったけれど、中身ごと愛してもらえる業界なのだ。それを思うと、勇気が出た。それなら、長谷川雪里の全てを捧げてやろう。可愛い皮に詰まった中身ごと、視聴者にくれてやる。

それでもやっぱり、地下アイドルとVtuberはまるで違う業態だった。喋るし、歌うし、踊るのに。２Dの身体を動かすだけでてんやわんやで、雪里は逆に本物の身体の単純さに驚かされた。そのままに動く身体の情報量の少なさよ！

そこで助けになったのが龍人だった。覚えが悪い雪里の代わりに、龍人は色んな動画やサイトを参照して、配信の全てを丹念に教え込んだ。実を言うと、めいめいの身体を最初に動かしたのは雪里じゃなくて龍人だったりする。

もう出来ない、こんなの誰も見ない、と始める段階で音《ね》を上げる雪里のことを励まして、龍人は初配信まで導いた。

「雪里は今でもアイドルに未練があるんだろ。もっと大きな舞台で夢を叶えるチャンスだぞ」

その言葉で、雪里は思い留まった。動かない、画面上のめいめいに視線を向ける。彼女の魂になれるのは雪里だけだった。だったら、やらないと。あの舞台に立ちたい。——赤羽瑠璃に負けないくらいの輝きに、雪里もなりたい。

初配信を終えた羊星めいめいは、同期に先んじて登録者十万人を超えた。元東京グレーテルという肩書が目を引いたのもあるだろう。他のVより歌が上手かったのもあるだろう。

それだけでなく、めいめいは勤勉だった。

やる気になった雪里は、まず人気の配信者達の動向を探った。彼ら、彼女らの人気の理由を分析することにしたのだ。毎日投稿、Short動画でバズを狙う、SNSの使い方——。勉強自体は苦にならなかった。東京グレーテル時代は、努力では覆せない差があった。けれど、今は違う。めいめいは大手事務所に所属してスタートを切ることが出来た。他の人達よりずっと恵まれていた。だったら、それを活かさなければならなかった。

めいめいは差し当たって毎日配信を行うようにした。ただの雑談配信だけじゃ、伸びない。今流行っているゲームをチョイスして、サムネイルを工夫して進める。変に詰まったりしないようにちゃんと予習をして、完璧な『初見配信』を心がけた。すると、見てくれる人が増えた。視聴者数が増えない時は反省を活かして、改善に努めた。真面目な雪里に、このフィールドはよく合っていた。

『みんなー。めいめいだよー。今日も来てくれてありがとーう！　それじゃあ今日は話題の物理演算パズルを全クリするまで耐久していこうと思いまーす。みんなも今日は寝かさないかんねー』

この頃は忙しさで目が回りそうだったので、龍人は積極的に雪里のサポートに回ってくれていた。始めてみて分かったことだけれど、Vtuberはとにかく時間に追われる仕事だった。動画の編集はおいそれと終わらない。慣れていないのもあってShort動画であっても一、二時間はかかる。それとは別に企画だって考えなくちゃいけないし、生放送はやればやるだけ時間を取られる。人を集めやすい長時間の耐久配信企画なんかは言わずもがなだ。羊星めいめいの為に人生を捧げると決めた雪里だったけれど、それこそめいめいは全てを要求してきた。人生の、物理的な時間を。

掃除も間に合わない。洗濯をするのだって億劫《おっくう》になる。食事を摂るのすらままならない。そんな雪里の部屋を掃除し、洗濯機を回し、慣れないながらご飯を作ってくれたのは龍人だった。白米を炊いてくれるだけでも、ありがたくて仕方なかった。

「ごめんね。もう少ししたら、自分でちゃんと出来るようになるはずだから」

「大事な時期なんだろ、今。すごいよな。雪里の配信を待ってる人がいっぱいいるって。昨日の歌配信とか、二千人くらいいたじゃん。あれがライブハウスって考えるととんでもないよな」

「うん……本当に嬉しい」

「多分、お金が入ってきて生活も安定するだろ。そうしたらもっと楽になるぞ。よかったなー。雪里が二日でファミレスのバイトばっくれた時、俺もうどうしようかと思って」

「あれは……黒歴史なんだけど……」

あれは確か、店長と死ぬほど反《そ》りが合わなかったのだ。ぽっかりと空《あ》いた履歴書の空欄を問い詰められて、地下アイドルをやっていたと素直に答えたのがいけなかった。長谷川雪里の名前で検索をかけて、YouTubeで東グレの曲を流された。悔しかった。自分がそこでまともに歌っていなかったから、悔しかった。雪里はそこにいないから。

「あの時、雪里のことを養おうかなって思ったんだよな。結婚してさ。雪里はのびのびと好きなことをしてもらった方がいいんじゃないかって……」

「何それ。地下アイドルもう一回やるべきだとか？」

「そう思ってたわけじゃないけど……うん、まあ、人生で一番熱中出来ることを見つけられたらって思ってたのは確かだよ。なんかさ、羊星めいめいを見てるとさ、これがそうなんじゃないかと思うんだよな。この中で、雪里の魂は輝いてるよ」

そう言って、龍人がめいめいの歌を再生する。流行の曲のカバーではあるけれど、間違いなくめいめいの歌だ。長谷川雪里の歌だ。誰にも聴かれなかった雪里の歌声に高評価がつく。それを見て、雪里は泣いた。

龍人が優しく背中を撫《な》でてくれたことを今でも覚えている。めいめいのことをデビュー前から知っていて、愛して支えていた相手。それが龍人だった。

『は？　何言ってんの？　さっさと謝って仲直りしなって。龍人くんが可哀想すぎる。あんな相手、もうあんたの前には現れないよ？』

かつてのバーの同僚である小森翼《こもりつばさ》は、およそ雪里が言ってほしいことを言ってくれた。今すぐ雪里は龍人を引き留めなければならない。龍人とやり直して、これからも二人三脚でやっていかないと。雪里だってそれは分かっているし、そうしたい。でもどうしても決められない。

「分かってるよ……別れて分かった。私、龍人と一緒にいたい。でもさ……駄目なんだよ。めいめいがいるから……」

『何言ってんの！　めいめいとか関係無いでしょ！』

「関係あるよ。めいめいは私の全てだもん」

『はあ？　きっも』

それで電話が切れた。Vtuberをほぼ見ない翼にとって、雪里が新たに選んだ職業は理解し難いものだったらしい。彼女は未だに、めいめいをくだらないままごとのように思っている節があった。

十万人で慄《おのの》いていた羊星めいめいのチャンネルは、恐ろしいことに登録者が二百万人を超えていた。二百万人。途方も無い数だ。長谷川雪里だった頃にペンライトを振ってくれた人数って何人だっただろう？　一人？　二人？　それとは比べものにならない。今でも実感が無い。雪里のことを——こんなに沢山の人が愛してくれるだなんて。

東京グレーテルの時は夢物語だったステージにも、羊星めいめいとして立つことが出来た。順調に人気を獲得したきだプロはアリーナライブが出来るほどに成長し、経験者の雪里は他のメンバーを教え導く中心として活躍した。トラッキング用のベルトを両手足に巻いて手を振った時、雪里はここで死んでもいいと思った。あの日夢見た光景がここにある。

羊星めいめいは所謂《いわゆる》『歌うま枠』としてライブでも大きな時間を割《さ》いてもらった。今では何曲もオリジナルソロ曲があるし、来年には念願のソロライブまで企画されている。信じられない。夢のようだと思っていたことが、想像と期待を塗り替えながら更に大きくなっていく。羊星めいめいは紛《まご》うこと無き星になったのだ。

その代わり、長谷川雪里のプライベートは無いに等しかった。ライブの練習、通常の配信、他のVtuberとのコラボ、動画を大事にしていためいめいは動画の投稿だって続けていたし、そもそもVtuberは事務仕事も死ぬほど多い。自分のグッズを監修し、新しい衣装や曲を依頼し、無数に来る連絡を次々打ち返していく。月に一度は十時間を越える耐久配信もやった。このスケジュールの間に、どうやったら長谷川雪里をねじ込めるだろう?

当然、龍人と過ごす時間があるはずも無かった。

めいめいを始めて二年目にはもう既に、龍人と遠出することは無くなっていた。毎日配信を掲げているのだ。旅行なんかに行けるはずも無い。龍人に任せてしまっていた家事がハウスキーパーに依頼出来るようになった時は誇らしかった。けれど、そのせいで龍人が雪里の家に来る理由はいよいよ無くなってしまった。たまにするデートは大体が映画だった。何しろ、時間が決まっているから。

龍人との予定は、沢山ある配信予定の中の一つ、こなすべき課題になっていた。そんなことには早々に気がついていたけれど、それでも雪里は龍人のことが好きだった。でも、時間が無かった。キスをしていても秒針の音が聞こえる。羊星めいめいに戻らないと。長谷川雪里を終わりにしないと。

雪里に与えられたガラスの靴は、他の靴を許さなかった。四六時中履いていなければ、すぐにサイズが合わなくなってしまう。呪いの装備によって与えられた祝福、全てを捧げることで沢山の人に愛されるトレードオフ。それでも、これを履いたことで雪里は踊れるようになった。このガラスの靴は、ステージの上でよく鳴った。

『俺と会うのしんどい?』

ある時、龍人が電話越しに尋ねた。その声があまりに疲れていて、雪里はぎょっとする。でも、何もかもを投げ出して会いに行くことは出来ない。配信予定に穴を空ければ信用を失う。信用を失えば、関心が薄れる。

「しんどくないよ。忙しいけど、それでも私は龍人との時間が欲しいよ。なんでそんなこと言うの？」

『困らせるつもりじゃ無かったんだ。でも、……いや、俺もどうしたらいいか分かんないや。ごめん。忙しいのに』

それきり通話が切れた。掛け直した方がいいことは分かっている。でも、掛け直してまた会話が始まってしまったら。不毛な話し合いで何時間も消費することになったら。時間は通貨だ。雪里はめいめいに戻らないと。「ごめんね。次は絶対に予定を空けるから」と言いながら、雪里は配信の準備をする。今日は案件配信だ。企業から案件を貰えるなんて、雪里の頃は考えられない。

電話を切った後の静寂に耐えられず、テレビを点《つ》けた。

するとそこに、赤羽瑠璃が映っていた。

『あはは、ありがとうございます。紅白なんて夢みたいです』

雪里がめいめいになるきっかけを——間接的に作ってくれた相手だ。

赤羽瑠璃の人気は留まることを知らなかった。今では東京グレーテルというよりは『赤羽瑠璃』という名前が力を持っていて、瑠璃が一人でメディアに出ることが多い。ソロ曲がバズってからの瑠璃は一端《いっぱし》のアーティストだ。SNSのトレンドにも頻繁に載っているし、ネットニュースでもよく見るようになった。テレビで笑う瑠璃を見て、雪里の心はほうっと和らいでいく。

最初は妬ましくて仕方なかった赤羽瑠璃だけれど、今や雪里は彼女のれっきとしたファンだった。瑠璃の新曲はすぐにチェックするようにしているし、彼女のインタビューはくまなくチェックしている。テレビは本数が多すぎて追えないけれど、大きなものは観るようにしている。東京グレーテルの名前に価値を与えてくれた、美しくて麗しき後輩。

赤羽瑠璃の愛おしいところは、彼女にスキャンダルが一つも無いことだった。人間なんて叩けば大なり小なり埃が出る。雪里だって龍人の存在をリスナーには知られないようにしている。赤羽瑠璃はこの注目度なのに、未だに何も出てこないのだ。目立つところに出入りしていないのもあるだろうが、彼女には本当に隙が無い。アイドルとしての赤羽瑠璃に、自分の人生を捧げている。その部分に、雪里は強く尊敬の念を抱いていた。

雪里は赤羽瑠璃が売れていなかった時代を知っている。誰にも見てもらえず、飢え渇いていた頃のことを。あの時の彼女が、今の赤羽瑠璃を急《せ》き立《た》てているのだろう。長谷川雪里が羊星めいめいを走らせ続けているように。

羊星めいめいがソロでアリーナツアーが出来るくらいになったら、長谷川雪里はようやく許してもらえるだろう。立ち止まって、自分の人生を取り戻せるようになるかもしれない。登録者数百万人程度では足りなかった。羊星めいめいは貪欲で、底が無かった。それでも構わなかった。この細い身体の血肉を喰らわれたい。一滴残らず使い切られてしまいたい。

でも、差し出すものに龍人は入っていなかったのに。

話し足りなかったのか、翼はとうとう雪里の家まで乗り込んで来た。勿論、めいめいの配信が終わった午前零時過ぎに。この時間に長谷川雪里としての時間を取るのは久しぶりだ。いつもなら明日に備えてさっさと寝るか、動画の編集に充てる。翼を中に入れたのは、やっぱり寂しかったからだった。一人でいると、雪里は弱いただの人間になる。

「龍人は結局許してくれたわけ」

梅酒を飲みながら、翼が苛立たしげに尋ねてきた。ここに来る前から、翼は大分酔っていた。今でもバーで働いている翼は、相応にお酒に強い。その翼がここまで酔っているのを見るのは久しぶりだった。嫌な予感がした。

「考えたんだけど……やっぱり龍人とは戻れないと思う。だから、連絡してない」

「はあ？　なんで？」

「龍人は多分、押し切られるだろうから」

烏龍茶のグラスを傾けながら、雪里は言う。お酒ももう久しく飲んでいない。明日に響くのは困る。

「なんで別れるってなったわけ？」

それを尋ねられた時、雪里の胃がぎゅっと縮こまった。手の先が震えて、冷たくなる。

ややあって、雪里は言った。

「結婚しようって言われた、龍人に」

ぽつりと呟くと、翼が目を見開いた。

大切な話がある、と言われて、雪里は別れ話を覚悟した。

だから最初は、自分が何を言われているか分からなかったくらいだ。冷静じゃない頭では、それが結局同じ話だとも気づかなかった。

「結婚は無理だって思った。だから断った。それで喧嘩になって、それっきり」

「なんで？　話し合えばよかったじゃん。どうしてそんな……」

「結婚したら一緒に暮らすことになるでしょ。まず、それが無理。配信の頻度もリズムも変えたくない。私は外に出ることも多くてどの道一緒になんかいられないし。防音設備はちゃんとしてるけど、万が一龍人の生活音が入ったら事故だし。それに長時間配信も出来なくなる。今のスケジュールは見るだけで頭が痛くなるのに、誰かとなんか暮らせない」

雪里の溜息が震えた。

「子供は、無理だよ」

そこが、一番のネックだった。

勿論、持たない選択肢はある。そういう夫婦だって沢山いる。でも、龍人は子供を欲しがっていた。だから、今じゃないといけないんだと。

「俺は雪里と家族になりたいよ。雪里はそうじゃないの？」

雪里も子供は欲しかった。でも、妊娠なんか出来る気がしない。今でさえこんなに体調に気を遣って、仕事に影響がないようにしているのに。そんな状態でライブをするのなんて以《もっ》ての外だろう。でも、激しく歌って踊れないと、雪里の理想の羊星めいめいじゃいられなくなる。

産んだだけで終わるわけじゃない。そこから先の子育ては？　龍人に任せきりになる？

それとも、家事みたいに外注する？　何も具体的なイメージが出来ない。見ている方向が全然違う。

今楽しみにしている沢山の仕事が、龍人と暮らすことで無くなってしまう。それが、一番怖い。


案の定、翼の理解は得られなかった。

「待ってよ。まさか配信なんかの為に全部諦めるつもり？　仕事にプライベート全振りするなんておかしいって」

「じゃあ、翼は結婚しても私が今のペースで働けると思う？　羊星めいめいが変わらないでいられると思う？　無理だと思うよね？　じゃあ、結局無理じゃん」

「落とせばいいでしょペースなんて！　ファンはあんたのこと待ってくれるって！　結婚も、もしかしたらあるかもしれない出産だってさ、言わなきゃいいじゃん！　調整しなよ、良い大人なんだからさ。自分を犠牲にしてまでやる仕事？」

理解し合えないとは思っていたけれど、ここで一番の隔たりを覚えた。ペースを落とせばいい。調整すればいい。ファンは待っててくれる。翼の言葉はごもっともだ。でも、論点が違う。

待ってくれないのは雪里自身だ。雪里が、雪里の為に辞めたくない。休みたくなんかない。ずっと配信をしていたいし、羊星めいめいをやり続けたい。その視点が、翼には致命的に欠けている。

龍人との生活が羊星めいめいより大切なら、とっくに龍人を選んでいる。それが答えだ。

「ペース……落とせないよ。今が一番良い時なのに。休みたくないよ……こんなに充実してるのに」

「あんた病気だよ。充実とかじゃないじゃん。人間らしい生活してる？　マジでキモすぎ」

「睡眠時間は削ってないし三食摂ってる。体調が悪くなるようなことはしてない」

「あーっもう、論点ズラすのもだるいだるいだるい！　体調とかの話じゃないじゃん。休みとかさあ、それも龍人めっちゃ可哀想だったんだけど。なんなん？　金？　本ッ当分かんない」

「お金使う暇とかないよ、正直。そうじゃないんだけど、なんだろう。自分でも分かんないな。消えたくないんだよ。私はこれがやりたいの。命懸けてるんだってば。ていうか、ねえ翼、なんで怒って――」

「私、龍人のこと好きだったんだけど」

ひく、と雪里の喉が鳴った。全部の音が置き去りにされたように、鈍く聞こえる。翼の目には涙が浮かんでいた。

「あんたがバー来る前から仲良かったし。好きだったんだけど。なのに、ねえ、ずっと好きだった奴がさ、訳分かんない女の『理解ある彼くん』にされた気持ち分かる？　分かるかっつーの、ふざけんなってマジで、あーもう、じゃあ私が龍人貰ってもいいよね？　そういうことだよね？」

翼がまくし立ててきて、息が出来なくなりそうだった。

全然気がついていなかった。そんな余裕は雪里には無かった。あまりにも感情的に雪里を責める姿を見ても、全然察せられなかった。さっきまでのは温情だった。好きな男と、好きな男が執着している女に対する温情。分かってしまえば、こんなにありふれた話も無い。

「もう龍人が連絡取ろうとしても無視しろよな！　より戻そうとか思うなよ、これ以上龍人のこと都合良く扱うな」

「それは、」

「お前のことだから、どうせ龍人が連絡してきてくれたらなあなあにするんだろ。それ、絶対やめろよ」

やめられるのだろうか？　と、雪里は自分でも分からなくなる。このどうしようもないほどの寂しさは、雪里にとって一番都合の良い選択肢を取らせようとするだろう。配信前にする他愛ないＬＩＮＥのやり取り、編集をしながら夜中にする通話。それを取り戻す為に、雪里はまた龍人を縛るのだろうか？　そうしてまた、同じことで揉めるまで、羊星めいめいを優先させる？

黙り込んでいると、翼はますます苦しげな表情になった。どうしてそんな顔をするんだろう。吐き捨てるように、彼女が言う。

「あんた今何歳？」

「めいめいは、神様だから歳なんか取らないよ」

「めいめいの話じゃない。長谷川雪里の話だよ！」

「……三十二だけど、それが何？　配信者なら、このくらいいっぱいいるよ」

「めいめい、いつまでやるの。いつまで龍人のこと待たせるの」

一生。だって、めいめいは、私が居る限り死なないから。

「……やっぱり私は、龍人と一緒にいられないよ。翼の気持ちは知らなかったし、私がもうどうこう言える話じゃ――」

言い終える前に、翼の持っていたグラスの中身が雪里に掛けられた。安い梅酒のツンとする臭いが鼻につく。翼が怒って部屋を出て行くのが、まるで何かの企画みたいだった。事態が飲み込めていないのに、悲しみだけがはっきりと胸に迫ってくる。好きな男を蔑《ないがし》ろにして良いように扱ってる女。客観的に見て、酒を掛けられるに値する女だった。

お酒に含まれていた砂糖で、髪が固まっていく。早く洗い流さなくちゃいけないのに、動けなかった。じゃあどうすれば良かったんだよ、と心の中で呟く。どうしようもない気持ちになって、スマホを手に取った。無意識に龍人に愚痴ろうとしている自分に気づいて、投げた。

分かっている。選ばなくちゃいけない。龍人を手放すか、それとも理想の羊星めいめいを諦めるか。活動に理解があって、全てを優先してくれる恋人は、探せば見つかるだろう。でも、それは龍人じゃない。

選びたくなんかない。今目の前にあるものが、全部理不尽に感じられてしまう。龍人がいなくなるのは嫌だ。活動だって変えたくない。今ここに龍人がいてほしい。一人になりたくないのに、二百万人の登録者を優先したい。羊星めいめいでいたいのに、長谷川雪里が足を引っぱる。わがままだって指を差されるだろう。でも、諦めなくちゃいけないことが怖い。私生活を犠牲にするのは間違っている？　犠牲にされるべき私生活なんて、この部屋に本当にある？

翼にとって、めいめいは神様じゃない。遊びの延長にあるふざけた仕事だ。

「今はいいだろうけどさ」

翼はよくその言葉を口にした。今はいいだろうけど。その内飽きられることを期待すらしているようなその言葉が、痛いほど心に残っている。それはまさしく、雪里自身の中にある問いでもあったから。

めいめいの人気はいつまで続くんだろう。その時、長谷川雪里は後悔しないのか。あそこで龍人を選んでいたら、と思ったりしないのか。そう思うと怖い。めいめいはいつまで私と一緒にいてくれる？　一生一緒にいられるだろうか？

今龍人から連絡が来たらどうしよう。翼の言う通りだった。多分、雪里は一番最悪な選択をする。配信頻度を落としてのんびりと活動し、適度にプライベートを充実させた羊星めいめいの姿も目に浮かぶ。それだって、十分幸せなはずなのに。


赤羽瑠璃との対談を持ちかけられたのは、その翌日だった。

「あくまで今人気のVと今人気のアイドルの対談って体《てい》で。そろそろこのコラボも解禁かなって。もうめいめいも三年以上やってるからさ。時効みたいなもんかな」

木田社長が言うには、そういうことらしい。それにしても、時効だなんて！　東京グレーテル時代のことは罪にもなれない黒歴史だ。未だに疼き、長谷川雪里を走らせる不格好な鞭《むち》。雪里は未だに、あの頃の自分を許せない。

前世繋がりで東グレのメンバーとコラボする、というのには消極的だった。赤羽瑠璃なら尚更《なおさら》だ。赤羽瑠璃を都合良く使ってしまいそうで、怖い。今なら互いに恩恵があるけれど、それでも長谷川雪里が、全てを台無しにしてしまいそうで。

それでも話を受けたのは、赤羽瑠璃に会いたかったからだ。

一線で輝き続けている赤羽瑠璃。浮いた話の一つも無く、潔癖なほどに芸能界の繋がりを絶っている、偶像みたいなアイドル。その様は、Vtuberと同じくらいキャラクタナイズされているみたいだ。みんなが憧れる、みんなが理想とするアイドル。

実を言うと雪里も——羊星めいめいも同じくらい清廉《せいれん》なVtuberだと扱われていた。ストイックに生活して、龍人を適当に扱っていた甲斐があった。雪里が捧げただけのものを、めいめいはちゃんと返してくれた。

今でも思い出に残っているコメントがある。羊星めいめいについて語る掲示板で、よくある恋人論争が出ていた時のことだ。

『あれだけ配信してたら恋愛なんてダルいことやってる暇ないか』

そのコメントが、すごく腑に落ちたのだった。その通り、恋愛はダルい。恋愛に付随するありとあらゆるものは面倒で、人を人にしてしまう。両方欲しいのに、それを許さない。だって、そこには他人が介在するから。あのコメントを見た時から、破局は始まっていたのかもしれない。

赤羽瑠璃だって、同じはずだ。

だって彼女も、同じ痛みを知っている。同じ処《ところ》から這い上がってきた。走り続けるには、出来る限り軽くいなければ。

赤羽瑠璃に——ばねるりに会えたら、今度こそ覚悟が決まる気がした。全ての人を愛する代わりに、誰も選ばない。理想のアイドルに、輝く星に。赤羽瑠璃だって『赤羽瑠璃』を選ぶんだと思わせて欲しい。

そうしないと、雪里は揺らぐ。楔を打ち込んでほしい。もう二度と、ブレないように。

とんとん拍子で決まった赤羽瑠璃との対談の日まで、龍人が連絡をしてくることはなかった。そのことに傷ついている自分が疎《うと》ましくて仕方なかった。龍人はもう吹っ切れているのかもしれない。あれからすぐに翼が龍人に告白して、二人は付き合っているのかもしれない。探るのも疲れてしまうし、雪里にそんな時間は無い。

ここから先、自分が誰かと付き合うことはあるんだろうか？ と思う。想像がまるで出来ない。

関節にトラッキングの為の機械をつけて、映り方のチェックをする。画面の中では、赤羽瑠璃とお揃いの真っ黒な衣装を着た羊星めいめいが笑っている。羊角の神様は、寂しさなんて覚えない。

けれど、予定された時刻を過ぎても撮影は始まらなかった。現場がざわついて、時間がどんどん押していく。一体何が起こったんだろうか？

あちこちでざわめきが起こり、空気が緊張する。大勢の人がいる現場はこういう空気になりがちだけれど、それでもこれは異常だった。どうしたんだろうか、と思った瞬間、赤羽瑠璃のマネージャーが走ってきた。

「すいません、めいめいさん。赤羽、連絡が取れなくて」

「……え？」

思わず呆《ほう》けた声が出た。

「行方が分からないんです。今自宅にも人が向かっています」

「待ってください、だって仕事……赤羽さんは、プロ意識が高くて、」

「ええ、本当にそうで……今までこんなことなくて」

赤羽瑠璃が行方不明？

そこから、見るからに焦った様子のマネージャーが説明をしてくる。赤羽さんの様子がおかしくて。最近疲れている様子で。思い詰めたような顔をしていて。こちらも赤羽さんの様子は気にしていたんですが。連絡がつかなくて。

「あんな赤羽は初めてで、こちらも注視してはいたんですが――」

「まさか、恋愛絡みですか？」

ぽつりと尋ねる。

どうしてそんなことを言ったのか、雪里にもよく分からなかった。

そうでなければいいと願う気持ちが、こんな失言を口にさせた。これが生放送でなくてよかったと心の底から思う。

でも、雪里のろくでもない勘は、そうなんじゃないかと告げている。

人がおかしくなるのは、大切なものを天秤に掛けるのは、全部とは言わない。半分くらいはそれが理由だ。

「なーんて、そんな訳無いですよね」

取ってつけたように言うと、マネージャーは「そんなことは……無いと思います……」と引き攣《つ》った顔で言った。空気を悪くしてしまったことを申し訳無く思う。きっと、マネージャーもそれを疑っているのだろう。その上で、マネージャーは何も知らないはずだ。赤羽瑠璃は、みすみすそれを悟らせるようなことはしない。

だからこそ、今消えて、これだけみんな動揺している。

赤羽瑠璃はどうしたんだろう。仕事が嫌になったのかもしれない。どこかで倒れているのかもしれない。誰かの手を取って、遠いところに行ってしまったのかもしれない。

どれにせよ、雪里の好きな赤羽瑠璃像が崩れていく。特に、最後の想像は最悪だった。雪里にとっての龍人みたいな存在が赤羽瑠璃にもいて、彼女はそちらを選んだのかもしれない。そう思うと、背筋が冷えた。

嫌だ。誰かを好きになんてならないでほしい。だって、赤羽瑠璃は星だから。一人にこだわらないでほしい。愛されなくたって平気な顔をして、輝いていてほしい。一人よりも百億人を選んでほしい。そうじゃなきゃ、雪里だって揺らいでしまう。龍人を選ぶべきなんじゃないかと思ってしまう。

「とりあえず、めいめいさんには待って頂くということで――」

はい、と言いかけたところで、スマホの画面が光った。

表示された名前は『レコーディングスタッフさん』だった。万が一にもバレないように、わざわざカモフラージュ用の名前にしていた──龍人だ。

「すいません。電話が来ちゃったので一旦楽屋戻りますね」

口早にそう言って、楽屋に駆け戻る。急いでドアを閉めてもなお、龍人からの着信は続いていた。画面をスライドして、耳に当てる。

『……もしもし？』

龍人の声がした。それだけで、死ぬほどの安堵に包まれる。好きだ、と素直に思った。

自分はまだ、龍人のことがこんなに、普通に、好きだった。

本来なら出られなかった時間だ。

それが赤羽瑠璃の失踪で、出られてしまった。それってどういうことだろう？

『……ごめん、今平気？』

「平気だよ、どうしたの」

『俺、色々考えたんだけど……今更になって、後悔し始めて』

翼に言われたことや、二人で過ごした五年間が走馬燈《そうまとう》のように駆け巡る。羊星めいめいの後ろから、長谷川雪里が顔を出す。一人は嫌だ、龍人と一緒にいたい。私はまだ、龍人が好きだから。

『もう一度話し合えないかな。俺、もう自分の意見を押しつけたりしないから。出来れば、やり直したい』

ここで「話し合いたい」と返したら、望むものが手に入ると分かっていた。仲直りさえしてしまえば、龍人はまたしばらくの間我慢してくれる。都合の良い雪里の恋人として傍にいてくれて、雪里は元通り羊星めいめいになれるだろう。

けれど、それで本当にいいんだろうか？　いいんじゃないの？　赤羽瑠璃だって人間だった。完璧なアイドルじゃなかった。だったら、長谷川雪里だけが我慢する必要がどこにある？

もう一度話し合おう。私には龍人が必要だから。ずっと寂しかった。そう言おうとした口から、長谷川雪里の知らない台詞《せりふ》が出た。

「……ごめん。それは出来ない」

涙が溢れてくる。止まらない。

「私は、羊星めいめいでいたい。龍人と一緒に暮らすより、ずっと配信していたい。龍人一人より、めいめいを愛してくれるみんなの為に人生全部を使いたい」

『俺はもう、結婚しようとか言わないから。子供だっていらない。雪里の意志を尊重する。

雪里が活動出来るように協力するから』

「駄目なんだよ。それは私の理想のめいめいじゃない」

『なんでどっちかじゃなくちゃいけないんだよ』

龍人が苦しげに言う。

『邪魔にならないから。ただの恋人でいよう。俺は雪里が好きだよ。雪里は俺のこと、もう好きじゃないのかよ』

「好きだよ。でも駄目なんだ」

『私生活諦めてまでやる仕事ってなんなんだよ。そうまでして頑張る必要なんてない』

「諦めたんじゃない。選んだの」

雪里ははっきり言った。

「私は、何もかもを仕事に使いたい。引かれるくらい配信したい。人生全部使い切って、死に際に後悔したい。走れるだけ走りたいよ。その為に、もう戻らない」

自分でも何を言っているか分からない。でも、この言葉が本心であることは分かる。雪里は今離れたい。目の前の男から、今。

「今までありがとう。龍人がいなかったらここまで来られなかった。本当にごめん。ありがとう。愛してる。ごめんなさい。ありがとう」

そう言った瞬間、通話が切られた。

それにすら気づかずに、雪里はしばらく同じ言葉を繰り返していた。ありがとう。ごめんなさい。

いつかこの決断を後悔するかもしれない。恋愛とかいうクソダルい代物が、可処分《かしょぶん》時間を食い潰す悪魔のようなメジャーコンテンツが、かけがえのないものだと思うのかもしれない。恋人同士でいたかったし、結婚もしたかったし、家族になりたかったし、ただ隣でぬくぬく眠っていたかった。でも、羊星めいめいには関係が無い。

いつか、羊星めいめいにも視聴者にもステージにも興味が無くなるかもしれない。それより早くみんなに飽きられるかもしれない。何もかもが呪いになって、長谷川雪里の中で反響する。

それでも、この命の使《つか》い途《みち》は呪いでいい。後悔するかもしれない十年後二十年後を、まやかしの永遠の先に置く。

歌いたい。走りたい。走らせてほしい。離れている間、龍人は羊星めいめいの配信を観てくれただろうか？　観ていてほしい、と思う。雪里が全てを蔑ろにした分、きっと面白い配信になっているだろうから。

楽屋から戻ってきた雪里がぼろぼろ泣いているのを見て、スタッフは明らかに動揺していた。めいめいのマネージャーですら戸惑っている。これはただの自慢だけれど、雪里は今まで問題らしい問題を起こさなかった。こんなことは今日が初めてだ。

長谷川雪里がどれだけ泣いても、羊星めいめいは然《しか》るべき操作をしない限り泣いたりしない。

それが雪里にとっての一番の救いだった。

*

その夜、赤羽瑠璃はちゃんと戻って来た。撮影を飛ばしてしまったことを謝り、雪里側に合わせてスケジュールを取り直すと言い、本当に普通のアイドルとして、戻って来た。彼女に何があったのかを、雪里が知ることはないだろう。

日を改めて会った赤羽瑠璃は、やっぱり雪里の理想のアイドルだった。同じ地下アイドルグループに所属していたとは思えない。

「めいめいさんはリスナーのことをすごく愛してらっしゃいますよね」

赤羽瑠璃がそう言ってくれた時、雪里はまた泣きそうになった。赤羽瑠璃が、あまりにも愛おしそうに、口にしたから。

「めい確かにすっごくリスナーさん達のこと愛してるかも。ばねるりちゃんにもそう見えてるなら、嬉しいな」

長谷川雪里も、みんなのことを心から愛している。

＊

『こんにちめいめい〜未年の守護神、羊星めいめいだよ〜今日はね〜大事なお仕事があったんだよ。で、心がざわついたのでいっちょクリア耐久でもやろっかなーって』

『めいめい元気だよ〜めいは配信やってると元気だからね』

『思ったんだよね。この世で一番羊星めいめいのことを愛してるのって、羊星めいめいなんだって。めいがめいの一番のファンなんだよね。だから一生配信したいな』

『一生配信するからね。見ててね。私が最高の人生、使い切るところ』

枯れ木の花は燃えるか

結婚の話まで出ていた相手の浮気が発覚するのは最悪である。それが四五〇〇万人もの登録者数を記録したＳＮＳで発覚するのは、なおのこと最悪である。加えて、その浮気が浮気であると主張出来ないのは、救いようがないほど最悪である。乗算されていく最悪はすぐに底の底まで辿り着いて、希美《のぞみ》の目にはもう見えない。

ちゃおまよ『もう切るので最後に暴露します。帝都《ていと》ヘンゼルのミンくん、日々ファン食いおつかれさま〜。他にも騙《だま》されてる人いたらご愁傷様でーす』

そんな言葉と一緒に投稿された写真は、ホテルのベッドで「ちゃおまよ」と、ミンくん――メンズ地下アイドルの民生《たみお》ルイ、が絡んでいるものだった。言い訳の余地がどこにもない。明らかにそういう写真だ。

この『ミンくん』こそが、付き合って二年になる希美の彼氏である。そろそろ結婚とかしちゃおうか、と言っていたルイの顔が浮かんでは消え、代わりに絶望的なまでの怒りが湧き上がってくる。は？　浮気？　しかもファン食い？　そんなのアリ？

恐ろしいことに「ちゃおまよ」のことはよく知っていた。ルイが何かを呟く度に、何故か自撮りを添付してリプライを送ってくる熱心なファンだ。つやつやの茶色い髪の先をお菓子みたいに丸めて、可愛めのワンピースで決めているラウンジ嬢タイプ。

天才的な重加工がされている写真の中で、ちゃおまよはそれこそお人形さんのように完璧だ。暴露用のベッド写真でさえ、ちゃおまよの目は月一つ呑《の》み込めそうな程に大きい。

希美は常々、こういうファンが理解出来なかった。どうしてリプライに自分の写真を載せる？　キラキラに盛った写真で何か伝わると思ってんの？　一般人がそれで何を主張してきてんの？　絶対胸の谷間見せてくんのは意味あんの？　一言で言うと目障りだった。だが、そういった自撮りはルイのような馬鹿相手には心底効果的だったというわけだろう。自撮りに釣られたルイは、まんまとこの女に手を出してしまった。それで、この末路だ。

ちゃおまよの投稿はどんどん拡散されていく。テレビに出ているようなアイドルグループに比べて、帝都ヘンゼルの知名度はまだまだ低い。だが既に数百人の人間が『ファンを食った地下アイドル』という話題に食いついている。確かに、芸能人紛《まが》いがファンと繋がってたら面白い。ものの十秒で全容が把握出来る底辺同士の小競《こぜ》り合《あ》いはエンターテインメントなのだ。

その成り行きを見守っていた希美のスマホに通知が来る。案の定、ルイだ。希美に何か思われないよう、先んじて手を打つつもりなのだろう。でも遅い。遅すぎる。はてさてどんな言い訳を連ねているのだろう、と開いてみると、そこにはたった一行だけのメッセージがあった。

『色々言われてるけど、あんま気にしないでね！』

それを見た瞬間、希美はこの男を完膚無きまでに燃やしてやることに決めた。

香椎《かしい》希美は、そこそこの人気を保っている地下アイドルグループ、東京《とうきょう》グレーテルの三期生である。

担当している色は白で、キャッチコピーはピュアリーホワイトだ。白は純粋で純潔な色。花嫁のウエディングドレスの色。そのせいで、特にそういう要素も無いのに、希美は東《とう》グレの風紀委員、ピュアで真面目な役割を担わされた。空《あ》いた色を適当に割り当てられただけなのに、品行方正を義務づけられたようだったのが嫌だった。

地下アイドルになろうという人間の動機は色々ある。チヤホヤされるのが好きだった者、アイドルが単純に好きな者、コンカフェ上がりでなんとなく入ってきた者——希美の場合は復讐だった。

希美は小さい頃から発育が良く、小学生の時点で大分完成された顔立ちをしていた。そのお陰で、希美は色々なところで物凄く浮いた。容姿を有効活用して人生を楽に出来れば良かったのに、悲しいことに希美はそんな人間ではなかった。

愛想とプライドを嫌な配分で取り違えた希美はあっさりと爪弾《つまはじ》きにされ、いじめられるようになった。小学五年生から学校に行けず、復帰したのは高校生の頃だった。その時でさえ、希美は微妙にクラスから弾かれていた。

高校を出て短大に入った希美は、鏡の中に映る自分の姿を、その価値をようやく認識した。大人びた容姿に年齢が追いついて、希美は落ち着いた美女になっていた。からかわれるのではなく、好意を向けられるパターンについてもちゃんと学んだ。

自分のこれは、れっきとした刃である。

そうして希美は、地下アイドルの世界へと飛び込んだ。

場の選び方が天才的だった、と自分でも思う。モデルになれるほどの容姿ではない。華々しく活躍するアイドルになる根性は無い。女優の才能はそもそも無い。

けれど、地下アイドルであれば。その世界の中であれば、希美の容姿は群を抜いていた。あまり他と被《かぶ》らないタイプであるという自覚もあった。希美はあっさりとオーディションに合格し、歌も踊りも人並みでありながら、そのルックスだけで人気を勝ち取った。

思えば、希美に『ピュアリーホワイト』なんて馬鹿げたキャッチをつけた運営は慧眼《けいがん》だったのかもしれない。雪解《ゆきど》けの雫《しずく》のように、希美にはただただ冷たく清廉な美しさだけがあった。逆に言えば、それ以外は無かったのだけれど。

まともに喋れなくても、人と目が合わせられなくても、希美は東グレにいる限り愛された。

これは、かつて受け容《い》れられなかった希美のささやかな復讐だった。自分をいじめていたクラスメイトは、恐らくこんな場には立てない。立てたとしても、希美には敵《かな》わない。あの場所に、希美より綺麗な女の子がいただろうか？

だから、アイドル自体に愛着は無かった。希美のこれは、一種のセラピーなのだった。誰からも認められない、医者からは苦言を呈されそうなセラピー。

それ故に、希美はアイドル活動そのものにじゃ情熱が持てず——結果的に、民生ルイに引っかかった。

六人組のメンズ地下アイドルグループ、帝都ヘンゼル。

名前から察せられる通り、ここは東京グレーテルと運営を同じくする姉弟グループだ。

でも、後から作られた帝《てい》ヘンの方が、姉よりも少しだけ優秀である。追加メンバーも脱退も無く一期生一塊《いっかい》でやっているところも、有象無象《うぞうむぞう》の集まる東グレより少々上等である。

民生ルイは、そんな帝都ヘンゼルの青色担当だった。

出会ったのは二年前。それまではまともに目を合わせたこともなかった。同じ地下同士とはいえグループの人気が違うし、男女グループが絡むのはなかなかどうしてセンシティブな事案だからだ。従って、東グレと帝ヘンが合同ライブを行ったのは二回しかない。

その内の一回で、希美は不幸にもルイと出会ってしまった。

「いじめられてたでしょ、あんた」

考えれば考えるほど、ルイの最初の一言は最悪だった。

狭い楽屋で、希美とルイは通り雨に行き合うように二人きりになってしまった。希美の一番嫌いなシチュエーションだ。本当はずっと無視を決め込もうと思っていたのに、思わず「は?」と言ってしまった。こんな反応、玩具《おもちゃ》にしてくれと言っているようなものだというのに。

案の定、ルイはにんまりと笑った。

「馬鹿にしてるわけじゃないから。俺、いじめられっ子好きだからさ」

「コンプラもクソも無い炎上発言をどうも」

「いじめられてた子ってさ、絶対に隙を見せないって感じするから好きなの。何も考えてない子よりずっといい」

「それを口に出しちゃうあんたは馬鹿っぽいけど」

「そう？　それでも、ピュアリーホワイトちゃんとは仲良くなれたから、俺のが賢いでしょ。あ、俺は帝ヘンの青いのだよー、民生ルイ。民生の民から何故か『ミンくん』なんて渾名《あだな》がつけられちゃってるけどさ、あんたは俺のことルイでいいから。それじゃー、よろしく」

相容れないし、相容れないから敵わない、と思った。

ＬＩＮＥを交換したのは、断る方がしんどいと思ったからだ。素直に希美がスマホを出すと、ルイは一瞬驚いた顔をして子供のように笑った。

彼が帝ヘンの中で人気である理由の一端が分かったような気がした。

『ちゃおまよ』は、待ち合わせの場所に計ったように五分遅れてきた。

もしかすると、単に遅れたわけじゃないのかもしれない。どこかから希美のことを観察し、使えるカードを増やしてからテーブルに着いたのかもしれない。その証拠に、『ちゃおまよ』には焦りや急いだ様子は欠片《かけら》も無く、数時間前から希美を待っていたかのような余裕が漂っていた。

そこには何とも言えない用心深さと抜け目の無さがあり――人に言えない関係を長く続けてきた女の匂いが漂っていた。口の固さと秘密の多さが、全身から芳《かぐわ》しさを漂わせるようだった。

「どうも。『ちゃおまよ』こと、眞尾真代《まなおまよ》。よろしく。あんたが私に連絡してきた捨てアカ女？」

『ちゃおまよ』は遅れてきたことを謝りもせずに尋ねた。希美は怯むことも無く頷く。彼女は希美を睨むと、溜息を吐《つ》いて言った。

「あーあ、まさか呼び出してきたのが香椎希美だとはね。……正直、接触してくるなら『ぱふぇぱふぇぱーふぇくと』かと思ってた。てか、ぱふぇも繋がってそうだよね。匂わせ投稿凄いし。妄想であってくれたら良かったな」

『ぱふぇぱふぇぱーふぇくと』とは、『ちゃおまよ』と同じ自撮り送りつけリプアカウントである。希美の中では揃ってクソファンの箱に入っている女だ。希美の方も、いつか何かがあるのならあっちの女なんじゃないかと疑っていた相手である。

「そこらの普通の女じゃなくてすいません」

「可愛くない女」

「……というより、私のこと知ってるんですか？」

「知ってるってーの。東京グレーテルの香椎希美。あ、勘違いしないでね。あんたの知名度が高いんじゃなくて、掲示板で晒されてたから知ってただけ」

「晒されてたんですか、私」

「そうだよ。セフレなんだろうなって噂されてた」

実際は本カノだったわけだけど、と心の中でつけ足してから、希美は尋ねる。

「どうして分かったんですか？　私とルイの関係について」

「それはミンくんがガバガバだったからだね。あんたの部屋にいるっぽい写真上げて消してたり。特定班がいるんだよねー、疑惑を徹底的に調べるような奴らが」

交際を大々的に喧伝したことはないが、希美の知らないところでボロは出ていたようだ。ルイの根本的な頭の悪さに溜息が出そうになる。その一方で、誰にも知られていなかった自分とルイの関係に気づいてくれた人間がいたのは嬉しかった。存在しない自分達の生活に、外側から輪郭が与えられたみたいだ。たとえその線が嫉妬と憎しみによって作られたものであっても、観測されるだけで嬉しい。

このゴミみたいな男の本カノが、一般人じゃない現役のアイドルだって――香椎希美だって知って欲しい、と思っていたことがある。
それはさておくとして、まずは目の前にいる女と話をつけないとならない。すっかり冷めたコーヒーを一口飲んでから、希美は回想する。

自分の彼氏が燃えているのを知った希美は、すぐに捨てアカウントを作り『ちゃおまよ』に連絡を取った。あれだけ炎上していたというのに、彼女はＳＮＳのＤＭを解放したままだった。

『民生ルイの情報を多く持っている者です。一度会ってお話し出来ませんか』

そんなメッセージと共に、巷には出回っていないルイのプライベートショットを添える。「証拠」だ。
これで返信してもらえるかは賭けだったけれど、三時間も経たない内に『ちゃおまよ』から最初の返信があった。

『あんたも繋がり？　あいつのこと、更に燃やせる？』

そこからはとんとん拍子に話が進んだ。結果、希美は無事に都内の個室カフェで彼女と会うことが出来たわけだ。流石《さすが》、有名人に手を出す繋がり女。フットワークが軽い。

こうして見た本物の『ちゃおまよ』は、重加工を取り払っても十分なくらい綺麗な顔をしていた。

勿論《もちろん》、画像で見た時は完成された——それこそ、映画の一シーンかのような洗練された雰囲気があったけれど、直《じか》で会ってこれなら全然詐欺の範疇《はんちゅう》じゃない。加工で美人に仕上がる人間は、そもそもちゃんと素地が上等なのだ。

それも含めて、ルイがどれだけしっかりと選んだかが分かる。

それなりに綺麗で、自分が遊ぶのに相応《ふさわ》しい人間を。

「で、何」

真代は不愛想に言う。話が早いのは大歓迎だった。

「私は二年前からルイと付き合っている——いわば本カノ、です。なので、皆さんよりもずっと多くの材料があるんです」

真代はぴくりと眉を寄せたが、希美の言葉を遮ることはなかった。

「私がルイをもっと燃やす為の材料を提供してあげます。だから、私の代わりにルイを燃やしてほしい。今ようやく二〇〇〇くらい回ってますよね、そこからは失速してる。ファンに手出す地下アイドルなんて、言っちゃ悪いけどありふれてますから。けれど、本カノである私が出すものを合わせたら、もっと燃やせる」

勿論、帝ヘンのファン達は阿鼻叫喚《あびきょうかん》の大騒ぎになるだろう。ルイは元の人気を保てないだろう。だが、それだけじゃまだ足りない。ちょっと謹慎して終わりだなんて、彼に纏《まと》わせる炎には甘すぎる。

ややあって、真代が舌打ち混じりに尋ねた。

「どうして自分でやんないの？」

「……浮気されてたのは腹が立ちますし、ナメられてるのも許せないですよ。けれど自分ではやりたくないんです。私だってアイドルですし。あんなゴミ男のせいで火の粉を被るのは嫌」

「随分自意識過剰なんだね。大して売れてもない地下アイドルの、センターでもない女なのに」

「大して売れてもない地下アイドルのセンターでもない女が泥被る価値があるんですかね。売れていないメン地下の一人なんて」

悪いが、こういう嫌みへの切り返しは大得意だ。だてに今まで陰口を叩かれてきたわけじゃない。真代は案の定気圧《けお》されたように黙り込んだ。

「私はもうルイのことなんか好きでもない。だから、自分の手を汚さずに痛い目に遭ってほしいんです」

希美の中にあるのはルイへの憎しみだ。滾《たぎ》るような怒りは、彼女を小中学生の汚泥《おでい》に引き戻す。報いを受けさせてやる、というのが彼女の人生の大テーマだ。「いじめられてたでしょ」というルイの言葉が蘇《よみがえ》る。

「それで……貴女《あなた》は、いつからルイと？」

「一年くらいになるかな」

真代は素直に答えた。予想していたよりも長い。希美がルイと付き合い始めたのは二年前だから、一年しか変わらない。

「あんたは？」

「……貴女より長いですよ。本カノなんだから」

「それはそれで意外だけどね」

真代がせせら笑うように言う。

個人的な連絡先を交換してからというもの、ルイは希美に頻繁にメッセージを送ってきた。そのどれもが「今日何をした」とか、「こんなことがあった」とかいう日記めいたメッセージで、正直興味の持てないものだった。なのに、生真面目な希美はまんまとそのメッセージに一言二言の返信をしてしまう。

ルイが日常の一部になるのはすぐだった。レッスンが終わる度に、仕事が終わる度に、ルイはそれを報告してきた。それに合わせて、希美も同じように日々の節目にメッセージを送った。習慣づいたやり取りは、希美にとっては美味しくもない餌だった。

そんなものでさえ、無ければ飢える。

ルイと初めて飲みに行った日、希美はどうせホテルで締められるのだろうと思っていた。だが、ルイはわざわざ個室のちょっと良いバルでの飲みをセッティングして、希美を終電で帰した。

「……正直、何か誘われるのかと思った。そのつもりなんだと」

「そのつもりだって言ったらヤってくれたん、それ」

「ヤらない」

「なんだよ！　だったらやっぱりこれでよかったわ」

ルイは笑って、希美の髪の先にそっと触れた。

「希美はそういうんじゃないから。俺、希美とやり取り出来なくなったり、縁切られたらやだから。だったら、終電で帰すよ」

「……あっそう。それは良かった。ブロック一歩手前で引き返せて良かったね」

「いやいや、失点一で切るのやめてくんない？　切る時、一回弁解させてほしい」

電車が来るまでの三分間。興味の持てない会話。恐らくは女に困らないだろうメン地下の男の軽口。積み重ねた日常が伏線になって、希美はなんだか妙な気分になった。これじゃあまるで、本当に大切にされてるみたいだ。

「あのさ、あんまり真剣に聞かないでほしいんだけど」

「真剣に聞かなくていいようなこと言わないで。無駄でしょ」

「あーっもう、希美はマジで失言出来ないから怖いわ」

ルイが柔らかな猫毛頭をガシガシと掻《か》いて言う。

「あのさ！　もし、希美が俺のことちょっとでも好きになってもいいって思うんだったら、好きになってほしい」

「……意味分かんないんだけど。好きになってもいいと、好きって違うでしょ。あんた、自分が何言ってるか分かってる？」

「ちょっとは隙見せてっての！　俺さ、結構マジで希美のこと好きなんだよ。女の子として見てる。希美は俺みたいなタイプ苦手だろうし、普段のやり取りとかもありえんくらい塩だけど、それでも、付き合うこととか考えてくれる余地ある？」

「それって……告白？」

「告白ではない。提案」

即座の返答に、不覚にも笑ってしまう。一体それのどこに違いがあるのか。時間切れを伝えるアナウンスが聞こえているし、希美は終電を逃したくない。

「……じゃあまあ、覚えてはおく」

「マジで!?」

「うん。それじゃ、また」

希美が電車に乗り込む。ルイはしばらく手を振っていた。

とはいえ、そこからすぐに進展したわけじゃない。希美とルイは極めて健全な逢瀬を積み重ね、半年が経ってからようやく、そういうことになった。

「ガード堅かったなぁ。ほんと、隙見せたら死ぬような顔してさ」

ベッドの上で、ルイが希美の眉間《みけん》に指を滑らせる。

ルイは分かっていない。最初のデートに応じた時点で、希美は致命的な隙を見せていたことに。

「……本カノ、ねえ」

たっぷりと含みを持って言われた言葉で、希美は現在の地獄に引き戻された。

「気に食わないかもしれないけれど、結局は同業の中から選ぶでしょう。一般女性と結婚、とかを信じているならお気の毒様。ああいうのも、結局は元同業が多いんだから」

「へー参考にしとく。ミンくんとはどうやって？」

「普通です。元から友達だったから、告白されて普通に付き合っただけ。そちらは？」

わざと普通を強調して言うと、真代は溜息混じりに言った。

「一年前に、ミンくんからＤＭが来たの」

「どんなＤＭ？」

「分かるでしょ。『可愛いね。会わない？』って」

「は？　公式アカウントで？」

「いっつも告知してるあのアカウントで。それでＬＩＮＥ交換して待ち合わせして、そこからずっと定期的に会ってる」

思わず目眩《めまい》がしそうになった。仮にもアイドルをやっているというのに馬鹿すぎる。

「あの馬鹿……晒されるとか考えなかったの……？」

「まあ、こうして私に晒されてんだけどね」

真代がスマホを弄《いじ》りながらあっさりと言う。

「元々、私と別の繋がりがDMとランド行った時のツーショット写メとホテルでのベッドイン画像を掲示板に載っけて。日和《ひよ》ったのかそれを消して逃亡した。私はそれで何かキレちゃって、もっと色んな人の目があるSNSに似たような写真を載せて、炎上の一番槍《やり》となってやったってわけ」

「え？　は？」

話についていけなかった。真代とは別の女がまず画像を晒して？　それに怒った真代が画像を晒して？　ということは、つまり。

「ちゃんと保存してあるよ。ほら」

真代が見せてきた画面には、可愛い顔をした小柄な女とルイがお城の前でピースをしている写真が写っていた。頭に載ったカチューシャが馬鹿っぽくてとってもキュートだ。二枚目の写真も見た。よく燃えそうな情事の匂いがした。

「他にも繋がりいるとは思ってたけどさ。晒しやるような馬鹿女とヤッてたんだって思うと萎《な》えちゃって。しかも、ランド行ったのが私との記念日デートをドタキャンした日だって知って大喧嘩。このままだと切られそうだったから、先に燃やしてやったの。……何その顔」

真代の言葉に少しだけ驚きが混じる。その顔ってどんな顔だよ。乾いた唇を舌で舐めて、なんでもない、と返す。

——そりゃあそうだ。『繋がり』が真代だけなはずがない。一人いたらもう一人いてもおかしくない。なんなら、今この場にいない『ぱふぇぱふぇぱーふぇくと』だって、繋がりである可能性が高い。

「この画像も今日の夜に投稿するつもり。確かにちょっと落ち着いてきてた節あるから、ここでもう一回燃やしとかないとね。で、あんたの画像は？」

「……画像……」

希美はスマホを弄り、順に画像を出していく。ルイの寝顔の写真。ルイと希美が写っている写真。ルイが希美の手料理を前に喜んでいる写真。ルイがふとした時に送ってきてくれた自撮りなど。こうして見ると、自分が火種だと思っているものがあまりに素朴な愛を湛《たた》えているような気がして顔が赤くなった。そして気づく。——これは、隙だ。案の定、真代が冷ややかに言う。

「何これ、中学生の恋愛並に清いね」

「……いつか燃やしてやろうと思って撮ったものじゃないので」

「こんなんじゃ何の意味も無いわ。あの『香椎希美が』って切り口でやるならまだ注目されそうだけど、それは嫌なんでしょ？　じゃ、使えない。でもまあ喜べば？　多分、あんたの力無くても、もう一花咲くよ」

真代は汚いものでも触れるように希美のスマホを押しのける。

真代の投稿では、このまま鎮火してしまう。そう思ったから、希美はここに来た。けれど希美は、もう既に先を越されている。

女といる民生ルイの写真なんか、甘い。恋愛禁止のメン地下グループに所属していながら、ファンに手を出している男。その事実が既に暴露されているのだ。

他に、本カノである希美だけが出せる燃料はあるのか？

「この期《ご》に及んで出遅れたあんたが出せるもんってあるの？」

「あります。とっておきのが——」

「どんなの？」

真代が初めて興味を持った風な顔で尋ねる。

希美だけが差し出せる炎上の材料。

これからのルイに一番打撃を与えられるもの。——心当たりが一つだけある。

一瞬の逡巡《しゅんじゅん》の後、希美は再び口を噤《つぐ》んだ。

「無いっしょ。ミンくんって結構疑い深いから、付き合い長くなるほど隙見せなくなってくもんね。長く繋がってたんなら、それこそ大した扱いされてないでしょ」

「だから、私は繋がりなんかじゃない」

思わず苛立った声を上げてしまう。希美を見る真代の顔が、面接官のようにも裁判官のようにも見える。

付き合い始めた頃の希美は、ルイを警戒していた。メン地下界隈の女遊びの激しさについては知っていた。希美に声を掛けてきたのは顔がタイプで、一応同じアイドルだからだ。一般人に比べて抱いて箔がつく相手だからだ。『特別』を夢見たら馬鹿を見る。

「希美って俺のこと好きじゃないの？」

「なんでそんなこと聞くの？」

「だって、好きって言ってくれないじゃん」

「付き合ってるのに、今更言う必要ある？」

付き合うと決めた時も、希美は「好き」とは言わなかった。実際、そこまで「好き」かと言われると疑問だった。ルイと一緒にいるのは楽しかったし楽だったけれど、これが愛だと言われたら困る。

「クールだなぁ希美は。人を好きになったら足掬われると思ってんの？」

「そうかもね。だからあんまり心を預けたくないの」

「彼氏としては寂しいよぉ」

ルイがわざとらしく泣き真似をする。二人きりでいる時、ルイはわざと子供っぽい振る舞いをした。それが希美へのサービスだと思っているみたいに、何度も何度も。呆れた振りをしてあげるところまでが、希美の役割だった。

「俺はね、希美の安心出来る場所を作りたいの。東グレの中でも、希美はなんか……あんまり他の子に心を許してなさそうだから」

「ハブられてるって？」

「そういうわけじゃないけど」

ルイが笑う。

「頑《かたく》なな希美が芯《しん》から信じられる相手になってみたいのよ。俺は」

後にファンに手を出す男とは思えない発言だ。一体どんなつもりでルイはこんなことを言っていたのだろう？　それとも、付き合いたてのルイは本当にそう思っていたのだろうか？

「ルイは……ちゃんと細やかでした。彼女として大切にしてくれた、と思う」

「は、どーだか。そんなん言うなら、私にも優しかったからね。ミンくんって基本優しいし甘いし。ちょっと調子いいとこあるけどさ」

「そういう優しさじゃなくて……日常のちょっとした優しさです。私の家に来た時とか……絶対ゴミまとめてくれたり。あと、私はルイに何かしろって言われたこととかないし。お姫様扱いが気持ちよかったから付き合ってたようなものですから、私。多分、スケジュールも私が優先でしたし」

「ふーん。本当に？」

「嘘吐く理由無いでしょう。そっちだって、ルイに会ってもらえる頻度で察してたんじゃないですか？　どれだけ仕事が忙しくても、本カノに割く時間を削ることはなかったので」

「もう冷めてるはずなのに、本カノ本カノ強調するのなんなん？　結局、私に対抗してるってこと？　てか、やることやって定期的に会ってるのに、私ってあんたと何が違うの？」

「強調してるわけじゃないです。貴女と違って私は告白されてますし、れっきとした交際の事実がある」

「私もミンくんに好きって言われてる。真代ほど一緒にいて安らぐ相手はいないっていつも言ってるし、立場があるから付き合えないけど、本当に好きなのは真代だって何度も言われた」

「それこそ繫がり女をキープしておく為の方便なんじゃないですか。そもそも私は同業者なんですよ。そっちは所詮ファンじゃないですか。この違い分かります？」

「地下ドル程度で同業者気取りされてもね。関係ある女って時点で、あんたと私は同じ土俵。ていうか、飽きられてる本カノ気取りより、私の方がまだ好かれてたと思うよ？　キープってどっちなんでしょうね」

「言っておきますけど、私と貴女だったら、ルイは私を選ぶ」

「どうかな？　並べられてもないくせに」

「ルイは、私に謝ってきた」

今度は真代の顔が引き攣《つ》る番だった。ほら見たことか、と希美は思う。晒して火をつけたくせに、真代は未だにルイに未練があるのだ。

希美が『ちゃおまよ』にDMを送り終わったのと入れ替わるように、ルイが希美の家のインターホンを鳴らした。いつもは来ない曜日の、いつもより早すぎる時間の訪問だ。モニターに映るルイの顔に狼狽の色が濃かったから、希美は素知らぬ顔で扉を開けてやる。

「LINE既読つかないのにいるじゃん……」

「あー……まあ。いるでしょ。この時間何も予定無いの知ってるくせに」

「希美……その、マジでごめん」

「何が？　何がごめん？」

「………浮気、したこと」

ルイの目には涙が滲《にじ》んでいた。どうしてそっちが泣くんだよ、と希美は鼻白《はなじら》む。

「浮気自体ゴミだなって思うけど、むしろ私が引いてるのはファンに手出したとこだから。地下だからナメてんのかもしれないけど、アイドルがやっていいことじゃないでしょ」

「分かってる。希美はそういうとこ真面目だもんな。出来心だった。ごめんなさい。本当に、こんなはずじゃなかったのに」

「ていうか、気づいてなくもなかったし」

「嘘!?　なんで!?」

「なんか分かるじゃん。そういうの。だから、やっぱりかって感じ」

これは本当のことだった。

半年ほど前から、ルイの様子があからさまにおかしくなった。

出かける予定がなかなか決まらない。「行きたいね」という言葉は言うくせに、具体的にどの日が空いているかについて答えない。そのくせ、最近増えた共演者との飲み会には参加する。希美の家に来るのはいつも夜遅く、仕事やらが終わった後だ。

希美の話したことを覚えていないことが多くなった。希美が次のライブでセンターをやる話も、衣装を新しく作り直した話も、スタッフにセクハラをしてくる奴がいて殺してやりたい話も、何もかも覚えていない。

ペアリングだと言って買ってきた指輪は、まるで希美の趣味じゃないものだった。誕生日プレゼントだというのなら、ちゃんと希美の好みのものにしてほしかった。希美の華奢《きゃしゃ》な指には、三連の指輪はゴツすぎる。

「だって、先に言ったらサプライズじゃなくなるじゃん」

ルイはそう言って口を尖らせたけれど、付き合って一か月の時、ルイは希美を連れてアクセサリーの店に行き、希美が選んだネックレスを買ってくれた。

「希美は多分、そっちの方が喜ぶじゃん。下手に何も考えずに渡されるよりさ」

当たりだった。そっちの方が自分でも大切に出来るから。何か言ったわけでもないのに、希美の性格から察してくれるのが嬉しかった。大事な思い出を気に入らないペアリングで上書きされたのが、正直一番ショックだった。

髪を切った後に「前の方が良かったのに」と、何を差し置いても一番に言われた。家でご飯を食べた後に、食器を下げてくれなくなった。ゴミをまとめてくれたのはいつが最後だったか。返信がだんだんと遅くなっている。続編が公開されたら一緒に観に行こうと言っていた映画に、友達と一緒に行かれた。今となっては『友達』の正体も怪しい。

気づかないはずはなかったが、それをわざわざ指摘してやるほどの愛情なんて無かった。正答が分かっていてもわざわざ手を挙げて解答なんかせず、答えが発表されるのを待った。茶番に付き合わされた怒り、自分という存在をナメられた憎しみだけが残った。

ああ、やっぱり自分はルイのことをそんなに好きじゃなかったんだな、と希美は思った。本当に好きだったら、もっと前に『答え』を口にしていたはずだ。そうしたら、きっとルイと自分の関係はもっと前に修復出来ていたはずだ。そんな労力すらも掛けたくない相手だった。

それはそれとして、浮気はムカつく。

「言っておくけど、私はめちゃくちゃ怒ってるから。謝られなかったら別れるつもりだったし」

「えっ、マジで？　え、むしろじゃあ、赦《ゆる》してくれんの？」

「……正直、信頼は地に堕《お》ちたよ。ルイって他のメン地下の奴らがファンに手出してんの見てあれこれ文句言ってたよね。なのに、結局お前もかよっつー、人間としての憤りがある」

「だから、俺最近おかしくなってたんだと思う。てか、今燃やしてる子もそんなに会ってないし。ちょっと遊んだだけなのに、メンヘラストーカーになっちゃったタイプで。ほら、希美とは違ってフツーの一般人だから」

「普通の一般人なら、色々面倒だし勘違いもするよね。線引きが分かってないから」

「結構ファンサ厚い方だから勘違いされたんかな……。俺、今回はこういうことになっちゃったけど、ファンとは本気にならないから。ていうか、希美以外は付き合うとか考えられないし」

「ルイと付き合えるのは私くらいでしょ。あんたの本性知ったらみんなドン引く」

「ひでえ……でも今は言われても仕方ない……ほんと、これから希美に対して誠実である。誠実でありたいから、行動で示す。……ってか、本当にふざけんなよあのメンヘラ女。今大事な時期だってのに……」

謝罪のフェーズからいきなり繋がり女への怒りに繋げていくのは、ルイらしいと思う。ルイからすれば、ちゃおまよが暴露しなければ何の問題も無い話だったのだ。そもそもの原因が自分であることを理解しているのだろうか？　と希美は不思議に思う。

……一体『ちゃおまよ』とはどう始まったの？　本当にちょっと遊んだだけなの？　とは聞かなかった。それを聞いたところで、希美は納得しない。ルイが本当のことを言う保証も無い。

「……どうせ何も食べてないんでしょ。何か作るから、座ってれば」

ぎこちなさを隠しながら、冷蔵庫を開ける。この状況でルイの腹具合を心配出来るのも、他の女と違うところだ。希美は感情的になったりしない。今更、ルイに幻滅することもない。適当に野菜を取り出す希美に対し、ルイは言った。

「希美が変なキレ方しなくてよかったわ」

「何それ」

「希美はいつでも冷静で話が通じるからよかったってこと。今回のヤツとか……殆ど逆恨みみたいな燃やし方してきたじゃん。あれ、本当に意味分かんないキレ方だから」

そう言って、ルイは希美の肩を抱いてきた。話が上手《うま》く纏まった、と彼が思い込んだ時にやる癖だ。希美は今のところ、これを拒否したことがない。

「希美って賢いよな。希美のそーいう頭の良さが好き」

面倒じゃないところが好きなだけだろ、と悪態を吐いてやりたくなったけれど、希美は賢いのでそんなことは言わない。

出しっぱなしの食材の種類を確認し、常温でしばらく置いておこうが問題の無いものばかりだと安堵する。一時間かそこら放っておいても腐らない。

『腐りにくい』くらいしか共通点の無い食材を出して、自分は一体何を作ろうとしていたのだろう、と希美は思う。

「ルイが浮気謝ってきたって、修羅場じゃん。こわ」

「残念ながら、別に波風立たなかったですよ。私も怒ったりしませんでしたし、ルイの方は平謝りしてくれたから赦すしかなかったんです。遊びだって言われたらそうなんだろうなって感じですしね」

「へー、案外チョロいんだね。何人もの女と浮気されてたのに、それでいいんだ」

「……私はあいつが弱ってるのを間近で見たい。今捨てるなんて勿体《もったい》無いでしょう」

今、ルイは希美のことを上手く躱《かわ》せたと思っている。物分かりの良いクールな彼女を良い具合に処理し終えたと安心しているのだ。

希美がルイを捨てるのは、ルイが更にボロボロになってからだ。一番、香椎希美が必要な時に、振ってやる。

「……焼く材料がまだあるなら良かった。マウント取りに来ただけみたいになって申し訳ないね」

「元から別に期待してない。ミンくんの情報とか写真、繋がり女が持ってるものに差なんか無いんだよ。あ、たとえ本カノでもね」

「いちいち喧嘩腰になんなきゃ話せないんですか？　ルイに執着し過ぎてて気持ち悪い」

「それなのに、なんで私があんたみたいな『捨てアカ女』に会いに来たと思う？」

そう尋ねる真代の顔は、強気な口調とは裏腹に悲しみに満ちていて、希美は一層ぎくりとした。そんな顔をされても困る。

「自分以外の繋がり女がどんな顔か見たかったからだよ。冷静でいようとしてるくせにその実パニック起こしてるような、ミンくん大好き女の顔がさ。そうしたら噂の香椎希美がどんなもんかも見られたからよかったよね。だから、この先もいていいよ」

「この先もいていいってどういうことですか？」

真代の挑発的な言葉に苛立ちながらも、その先の言葉の方が気になってそう尋ねてしまう。

「この店入ったのと同じくらいの時間に、別の繋がり女二人からＤＭ来たんだよね」

「別の……繋がり女？」

「呼び出しといたの」

「嘘でしょ!?　ここに呼んだの？」

「あいつら頭おかしいから、すぐ来るよ。多分」

真代は自分のことを棚に上げて笑った。悪魔のような笑顔だった。

託宣《たくせん》のような真代の言葉の通り、三十分も経《た》たない内に新しい女がやってきた。お人形みたいなコルセットスカートに白いフリルのブラウス。黒髪はくるくるとお菓子みたいに巻いてあって、目の下がやたら赤い。典型的な『地雷系』の格好をした女だ。睫《まつ》毛《げ》が異様に長くて、濃い。どれだけエクステをつけたらそうなるのか想像も出来ない。会ったことなんて一度も無いのに、希美は彼女のことを知っていた。ずっと見ていたからだ。

「……ぱふぇぱふぇぱーふぇくと」

ぱふぇぱふぇぱーふぇくとは、当初名前を全く名乗ろうとせず、五分掛けてようやく「靴乃《くつの》」という変わった名前を白状した。人生で一番無益な五分間だった、と希美は思った。

「ていうか、やっぱり香椎希美なんウザ……。どうせ繋がってると思ってたけど、本当だったんだ。ミンくんマジで趣味悪くて草。東グレだったらもっと可愛い子他にいるやんて萎《な》える」

真代も大概敵意剝き出しだったが、靴乃の方も希美のことを目の敵にしているらしい。上等だ。希美もこの女達が大嫌いだからおあいこだろう。挑発には乗らず、希美は尋ねる。

「貴女はどこでルイと繋がったんですか？　やっぱりＤＭ？」

「何かしこまってんの、キモすぎ。だから繋がり斡旋板とか知らないの？　大体相場30ｋで、推しの最寄りとか住所とか教えて斡旋してもらえるンですけど。あとは他の馬鹿繋がりの情報とかね」

「……30ｋって何……？」

「三万円。１ｋ千円で……ていうかなんでぱふぇがこんなこと教えなくちゃなんないの。やばすぎ。ドルおばがそーやって世間に置いてかれてっからミンくんに捨てられてんじゃないの」

「捨てられてないですけど」

「必死で草」

そう言うと靴乃は溜息を吐いて、長い睫毛を揺らした。希美や真代とタイプは違うけれど、靴乃も間違いなく見目《みめ》の麗しい可愛い女の子だった。

「繋がり板なんて大体は詐欺だけど、ミンくんくらい女遊び激しいタイプだと、割と本当の情報入ってくんの。で、ぱふぇも、80ｋくらい払った辺りで、ミンくんに繋いでくれるって人がいて〜写判《しゃはん》が」

「繋いでくれる人って誰ですか？」

「うざ。面接かよ。ミンくんの行きつけのバーの店員らしいよ。で、そのバーでミンくんと会って、そっから。ぱふぇはミンくんに実際会って選ばれてっから大勝利すぎ」

一応店名を聞いたが、希美は聞いたこともないバーだった。靴乃が実際に出会っている以上、嘘じゃない。知らないことがまた増えてしまった。希美を絶対に連れて行かない店のこと。

「てか、始まってもないドルおばに量産型ラウンジ系女と竿姉妹とか、マジでゴミ過ぎやろどうなってんの」

「それでも会いに来たんだからもの好きだよなぁ、地雷女」

真代が言うと、靴乃は「は?」と不快そうに口元を歪《ゆが》めた。

「るっせーよカス。ぱふぇが『ミンくんのこと晒すんじゃねえよ死ね』って送ったら『お前が死ねブス、顔見せに来いよ』って位置情報つきで返ってきたから、重加工の顔見に来ただけなんだけど。つかマジで加工無しでよく外歩けんな」

希美は思わず真代を見る。真代は素知らぬ顔をしているが、血の気が引いた。もし靴乃が激昂して襲いかかってくるタイプだったらどうしていたのだろうか。

それよりも、真代と靴乃が本気で一触即発の空気を醸《かも》していることに驚いた。

真代はルイを破滅させようとしている。今も現在進行形で真代の撒いた火種は燃え広がっている。それなのに、彼女は希美にも——靴乃にも敵対意識を持っている。

それに気づいた瞬間、じわりと嫌な汗を搔いた。自分達は、一体何の為にこんなことをやっているのだろう？

「ぱふぇも降りる」

その時、靴乃が急に呟いた。

「は？　いきなりどうしたんだよ」

「どうせミンくんじゃなくて、帝ヘンが好きで、帝ヘンと繋がればそれでよかったタイプだもん。そこから、ズブズブハマっちゃったんだけどさ」

自嘲気味に言う靴乃の顔は、やけに大人びて見えた。イタい喋り方に少女趣味の服とは似合わない、女の顔だった。それが斜《しゃ》に構えた自分によく似ている気がして、希美は息を吞む。

ルイが靴乃を選んだのは、これが理由なんじゃないか、とすら思った。あの男は多分、こういう顔が好きだ。

「じゃ、ぱふぇも焼くかぁ〜。ぱふぇ、同担《どうたん》に喧嘩売りまくってめちゃくちゃヲチられてるから、お前らより燃えると思うわ。ざまみ」

「私は次の材料を午後九時に投稿する」と、真代が言う。

「じゃ、ぱふぇは午後八時に投稿しよ」

それだけ言うと、靴乃はさっさと出て行ってしまった。

彼女が頼んだアイスロイヤルミルクティーは、少しも手がつけられていないままだ。

「良かったじゃん。これでもっと燃えるよ。あんたの望み通り」

真代の言葉に素直に頷いてしまう程に、希美は揺れていた。

ふわふわと離人感が忍び寄り、一瞬だけ、自分がどうしてここにいるのか分からなくなる。思い出したのはクリスマス・キャロルだ。三人の精霊が、悪い人間を懲らしめる童話。でも、罰せられるのは希美じゃない、はずだ。

「……ていうかルイの情報って金になるの？　三万円で？」

気づけば、希美の言葉からはすっかり敬語が抜けていた。そのことを全く気にせず、真代は頷く。

「そうだよ。ぱふぇが言ってた通り、詐欺も多いけど。でも、萎えて担降《たんお》りした子が本物の情報を出してることもあるから。チュンカとかアマギフとかで払ってたりするよ。ネットでアマギフ取引って危険らしいけどね、今」

「へー……そうなんだ。私も売れるな、最寄りも行きつけも……」

かといって、売ろうとは思えない。三万円が安すぎると思うのは、希美がルイを高く見積もり過ぎているからだろうか。

「私さ……ミンくんと繋がってから、一回だけ掲示板でミンくんの情報、買おうとしたことがあるんだよね」

不意に真代がそう呟いた。

「なんで？　繋がってるのに？」

「最寄りも住所も知ってたからさ。答え合わせが出来ちゃうじゃん。売られてるそれらが本物だったら……自分の他にも手出してるんだって、分かっちゃうでしょ。自分以外にミンくんの最寄りとか、行きつけとか、知ってる女がいるって」

「馬鹿みたい」

「気持ち分かるくせに。分からない振りすんなよ」

ここにきて、血気盛んだった真代の方もやや憔悴《しょうすい》しているように見えた。それとも——

……ただの憔悴ではなく、悲しんでいるのだろうか。

真代からしたら、立て続けに浮気相手に会っているようなものだ。真代の視点からすれば、希美だって正当な恋人じゃない。本物と偽物の区別がまるでつかない。ルイが本当に好きだったのは一体誰だったのだろう。

別れたがらなかったのだから、ルイはまだ希美のことが好き、であるはずだ。そうじゃなかったら、希美はどうしよう？

「……ねえ、ルイのどこが好きなの」

「お前に教えるわけないだろ」

真代の声は少しだけ震えていた。


「瑞菜《みずな》です。こんにちは」

三番目に現れたのは、ショートヘアが印象的な小柄な女性だった。いかにも仕事が出来そうな、しっかり者のタイプの女だ。それなのに、格好は胸元の大きく開いた扇情的《せんじょうてき》なワンピースで、そのギャップが恐ろしかった。

「さっき、私のアカウントに長文のＤＭ送ってきたよねえ。クズ男のナイト気取りでご苦労なこって」

「そうですね。『別れたいなら勝手にして、ミンくんに迷惑を掛けないでください』って当然のことを言いました。それで位置情報送ってくるなんて……『晒し』やる人って本当に馬鹿なんですね」

「それでのこのこ来るのも馬鹿だと思うけど」

「馬鹿が本当はどんな顔してるのかを見に来ただけです」

瑞菜はそう言うと、希美のことを睨み「こっちも繋がり女ですか？」と言った。どうやら、彼女は希美のことを知らないらしかった。

「私は……ルイの本カノで、繋がり女と話しに来た人間です」

「ああ、自称本カノですか。何しに来たんですか、貴女。もしかして、浮気の事実が信じられなくて、浮気相手に直談判しに来たとかですか？　なんか世界観昭和ですね。てか、私からしたら、そちらの方が浮気相手ですけど」

希美のことを的確に抉《えぐ》る為の言葉が放たれる。攻撃性はルイへの愛情の証明だ。この女も、どうしようもなくルイにやられている。

「……ちょっと待ってください。私はもうルイのことなんかどうでもいいんですよ。あいつが痛い目に遭《あ》えばいいと思ってる。こんだけ色んな女に手出ししてて、それでも好きでいられる方がおかしくないですか？」

「どうだか」

瑞菜は希美の言葉を一蹴《いっしゅう》する。そして、真代の方を見た。

「で、そこの個人情報ダダ漏れ晒し女は、これからどうするつもりなんですか？」

「私はミンくんのことを切るんだよ。その前に燃やしてやった」

「もうミンくんに未練は無いんだ？」

「当たり前だろ」

「嘘吐き」

そう言う瑞菜の声は、鋭く冷たいものだった。

「嘘吐き。本当は未練タラタラのくせに。ねえ、なんでミンくんを燃やしたいの？　不幸になってほしいから？　あんな男がアイドルをやっているなんて不誠実だからですか？　そうじゃないでしょ？　ミンくんの記憶に残りたいんですよね。ミンくんにもう一度構ってほしいから、どうにかして気を引こうと必死なだけなんですよね」

真代の顔がサッと青ざめた。それを見た希美の方が気まずさに居たたまれなくなる。そんな顔を見せたらいけなかった。それじゃあ、頷いているのと同じだ。本当は誰の目にも明らかで、だからこそ希美ですら言えなかったこと。――真代はまだ、ルイのことが好きなのだ。

痛いところを突かれながらも、真代は気丈に瑞菜を睨み返した。

「……あんたはこのままでいいの？　自分がいっぱいいる繋がりの一人だって分かったくせに、それでもミンくんに縋《すが》るわけ？」

「それでも私、ミンくんのこと好きなので。貴女達がいなくなったら、普通にミンくんのこと独り占めするんですけど？　だったら全然嬉しいですね。皆さんが退場したベッドでず〜っとミンくんとイチャイチャするね。さっさと降りてください」

瑞菜はまっすぐな目で言った。

「メン地下なんか繋がり作らない方が珍しいじゃないですか。だから、私も差し入れの中に連絡先入れたわけですし。むしろ、ありがたいことじゃないですか？　ミンくんがもっと忙しくなったら、多分今いる繋がりは全員切られますよ。だったら、今の内にミンくんと楽しく過ごした方がいいじゃないですか。売れたら同業者と付き合ったりするんですから」

私も一応アイドルなんだけど、という言葉を押し留める。東京グレーテルの中の一人なんて、瑞菜はきっと『アイドル』として認めないだろう。

「私はずっとミンくんのことを庇《かば》って、それでミンくんの時間を貰うんですよ。それ以上なんか望みませんよ。でもよかった。もう取り返しのつかない人達を見たら、もう少し頑張れそうな気がしてきた」

メン地下はとにかく接触が多い。隣り合って写真を撮ったり、抱きしめてみたり、もっとディープなところまでいけば、頬や額にキスするところもある。

ルイはファンサービスが厚い方で、一人一人に過剰なくらいサービスをするのが常だった。帝ヘンのガチ恋製造機、とからかい混じりに言われていたのを思い出す。

ファンの耳元で何かを囁《ささや》き、密やかな笑《え》みを浮かべるルイを見ても、嫉妬の気持ちなんて起こらなかった。希美は希美で、同じようなことをファンにしている。尤《もっと》も、希美は必要以上に愛想を振りまいたりしないし、ガチ恋営業に精を出したりもしない。アイドルとして求められる最低限を提供してきた。

ルイがどれだけファンの女の子に優しくても、距離が近くても、それは嘘だ。本当にルイが好きなのは、香椎希美だ。ルイに抱きしめてもらっても、お金は掛からない。

希美は希美で、ルイがアイドルだから付き合っていたのかもしれない。多分、他の人間より価値があるから。普通の人間のハグにもキスにも値段がつかない。好きでもなかったはずのルイとの交際に前向きになったのは、それが理由だったのだ、と希美は思う。

希美が初めて受けたいじめは無視だった。子供がやる、一番出来の悪い無視だ。希美がいる方向と反対方向にみんなが向く。みんながみんな、意地悪な向日葵《ひまわり》みたいになる。

それが今や、みんなが希美の方を向いている。一番眩《まぶ》しい太陽は、希美を目掛けて降ってくる。

日差しの温かさよりも、そのことが心地よかった。と、希美は思い出す。

瑞菜が帰り、テーブルの上に置き去りにされたグラスが増えていく。民生ルイに人生を狂わされた女達の墓標みたいなそれらは、中身の減り具合がまちまちなせいで片づけられすらせずに残っていた。

沈黙の塊《かたまり》を何個か見逃してやってから、真代が口を開いた。

「今日、ぱふぇと私が時間差で投稿して、ミンくんの火種になる。あんたもやれば。捨てアカで、香椎希美って分かんないような写真だけ狙って投稿すればいいんじゃない。あんただけが持ってるとっておきのネタが無くても、三人分出ることで効果は上がるでしょ」

とっておきのネタは、ある。本当は、真代に渡して代わりに燃やしてもらおうと思っていた、とっておきの薪《まき》が。

けれど、今となってはもうそれを差し出そうとは思えなくなっていた。

ルイを焼くことに怖《お》じ気《け》づいたわけじゃない。希美が後生大事に抱えている『切り札』すら、繋がりの中ではありふれたものだったらどうしよう、と思ったからだ。

普通の浮気だったらこんなことにはならない。ルイがまがりなりにもアイドルだから、外部からの裁きが下る。ややあって、希美は言った。

「そっちが勝手にやることで充分燃えるでしょ。だったらもういい」

「やっぱりそうなると思った」

真代は嘲《あざけ》るように言ってから、小さく呟いた。

「ミンくんのこと、そこまで好きじゃないなら、どうして執着してんの？」

「……は？　別に執着とかしてない。私はナメられてるのが腹立つだけ。ていうか、私はルイの本カノだけど、あんたとか他は繋がりじゃん。立場が違うんだから知った風な口利《き》かないで」

「だーかーら、本カノって何？　散々浮気されて適当にキープされて、バレてもなあなあで済まされて、具体的なことなんか何にも出てこない結婚話されたら本カノ？　クリスマスだけ空けてもらえたら本物ってこと？」

結婚というワードも、今や希美にとっては恐ろしくてたまらないものだ。アイドルを辞めたらどうする、という話の時に、希美は何の気無しにそのワードを口にした。ルイと希美が結婚する未来は、果たしてまだ残っているんだろうか。

「ミンくんが好きだった。ミンくんは私の誕生日には絶対に来てくれた。ミンくんは私と結婚したいって言ってた。ずっと一緒だったの。お前みたいなのと私は違う。ううん、そうじゃない。お前と私、何が違うの」

言いながら、何故か真代が泣き始めた。

「……どうして泣くわけ。みっともない」

「あんたに何が分かんの」

「分かるよ。あの子の話聞いて後悔したんでしょう。一時の感情に流されないで、ルイと繋がってればチャンスがあったかもしれないって」

「うるさい。自分の感情にもまともに向き合えないプライドだけ高いクソ女がさ」

「クソ女はどっち？　形振《なりふ》り構わず寝取りに来たくせに」

「チャンスがあると思ってるのはそっちだろ。だから、あんたはミンくんを晒さない。捨てられたくないから、気にしてない振りをする。自分の他にどんな女がミンくんの傍にいるのか気になって仕方ないのに」

何を言っているんだよ、こいつは。と、希美は思った。

そっちは所詮繋がり女じゃないか。ヤリ捨てられてるだけの都合のいい女。ていうかファンで一般人だし。ルイの未来にこいつは絶対に食い込めない。本カノって何？　本カノは香椎希美だ、決まってんだろ。

「少なくとも、私の方が本当にミンくんのこと好きだよ。この期に及んでお高くとまってる奴とは違う！」

「ふざけ――……」

思わず言いかけて、結局やめた。

怒ったら、その理由が必要になる。自分が何に怒っているのか、何に傷ついているのか、それと向き合わなくちゃならなくなる。向き合わなくちゃならなくなる？　ということは、真代の言っていることは正しいのか？　希美は感情に向き合っていない？　本当に？

勘弁してくれよ、過去に遡《さかのぼ》って傷ついてたら身が保《も》たない。

「ルイは私のことが一番好きなんだ。証拠だってある」

「そういう時期が、私達にもあった。自分が一番だった瞬間を知ってるから、ミンくんを諦められない」

本当は人前に出るのが苦手だ。今でも自分が受け容れられていないような気がして怖い。ピュアリーホワイトとかいう馬鹿げたキャッチコピーは、清楚である以上の価値が自分には無いと言われているみたいで嫌だった。

歌が得意なわけでも踊りが得意なわけでも「いつか武道館《ぶどうかん》でライブをしたい」と思っているわけでもない。ただ、アイドルをやることによって、自分に価値を与えてやりたい。それだけだ。

「確かに、希美って真面目にやってる割には歌下手だよな」

「あんた人のこと言える？　ていうか、そこはフォローすべきじゃないの」

「別に希美は歌も踊りもそこそこでいいだろ。愛想だって最低限でいい。だって、めちゃくちゃ顔がいいから。俺、地下アイドルの中で一番の美人と付き合ってんじゃね？　って思うもん、よく」

「……励まし方が最悪」

「俺は希美の良さをちゃんと分かってる。あと、お前のファンは滲み出てくるその面倒臭さに惹かれてると思うわ」

冗談めかした口調でルイが言い、やわらかい指先で頰を突いてくる。アイドルなのに、こういう時に全然笑えない。

「ねー、俺こんど地上波出るんだよ。深夜番組の中の五分コーナーだけど」

「どうせルイじゃなくて帝ヘンの括《くく》りで出るんでしょ」

「でも、帝ヘンの中で一番格好良くて目立つのは俺だから。こっから馬鹿跳ねしてくんないかなー」

恋愛禁止のグループで、清楚を担当している自分が、ルイに絆《ほだ》されてぐずぐずに溶けていく。

「ね、東グレと帝ヘンがアリーナとかで合同ライブやるようなことになったらどうする？

俺ら、結構ビッグカップルだよね」

「それまで私、アイドルやってるか分かんない」

「俺と一緒にいる間は続けたら？　まだまだいけるでしょ、希美」

そうだね、と希美は答える。どれだけ一緒にいるかも分からないけど、とりあえず今は。

ルイと付き合っている間は。


本カノなんて幻想なのかもしれない。希美なんかよりも、後から入ってきた真代や靴乃、瑞菜やそれ以外の別の女の方が、旬を迎えているのかもしれない。

香椎希美は枯れている。最初から咲いてもいないかもしれない。適当に扱っても許される、地下アイドルのキープ女でしかない。

希美は浮気を怒らなかった。

希美は赦すしかなかった。

だって、そうじゃなかったら、ルイは希美を切るだろう。適当な謝罪と共に、この関係を終わらせていたに違いない。そのくらいの価値しか、香椎希美には無い。

分かっていたから、希美は真代に会いに行ったのだ。

ルイにとって、希美を失うことは罰にならない。

だから、燃やしてやるしかない。あの男を本当に痛めつけるなら、それしかなかった。

希美の視界が滲む。口から馬鹿みたいな呻《うめ》き声が漏れた。

――本当は。

本当は、が溢《あふ》れる。希美に傷を自覚させる。愛と向き合わせる痛みがくる。

本当は、私自身が罰になりたかった。民生ルイを焼く炎になりたかった。私と別れたくなくて、浮気がバレるのを恐れてくれているんだったらそれで良かった。

希美は痛切にそう思う。ルイに惜しまれることが無い自分が悲しい。悔しいんじゃなく、ただ悲しい。こんな状況にあってもなお、ルイのことが好きな自分が悲しくて吐きそうだった。ルイと別れたくなかった。裏切られたって傍にいたい。真代にも靴乃にも目を向けてほしくない。希美だけを好きでいてほしい。

けれど、それが叶わない夢であることを、希美はもう知っている。

報われる日は来ない。あとは、傷跡をつけるかどうかだけ。

――俺、地下アイドルの中で一番の美人と付き合ってんじゃね？　って思うもん、よく。

希美がアイドルを続けている理由がその言葉だとしたら？

それじゃあ、あまりに、救えない。

「ふっざけんなよこのクソ女。やって良いことと悪いことの区別もつかないのかよ。おい、聞いてんのかよカス！」

一週間後、希美は愛しいクソ男に罵《のの し》られていた。こういう時に、ポーカーフェイスだけで乗り切ってきた経験は強い。内心の嵐を押し隠しながら、希美は優雅に首を傾《かし》げてみせた。

「何の話？　いきなり何怒ってんの？」

「とぼけるなよ。燃やしたのお前だろ」

「……ちゃおまよとか、ぱふぇぱふぇとか、そういうのが燃やしたんじゃないの？」

「確かにあいつらもやってる。でも、お前もやった」

平静を装いながらも、希美は正直驚いていた。正解だ。正解するなんて思っていなかった。

結局、真代にも靴乃にも頼らずに、希美は自分で作った捨てアカウントで、炎上の種を放流した。

『今話題の帝都ヘンゼルの民生ルイくん。映画「眠る完全血液」の松島役決まってるのに

大変ですね』

　他の投稿を目一杯絡めて、希美はそんな文言を投稿した。

　これが、希美の切り札――本来、真代に投稿させようとしていた内容だ。

　恋愛禁止のグループに所属しているのに複数のファンに手を出して、なおかつその相手に仕事上大事な情報を――まだ映画化すら公表されていない作品のキャスティング情報を喋っていた。これで、ルイは更に燃え上がるだろう。

「凄いよ希美。俺、あのめっちゃ売れてる本の映画に出るんだぜ。しかも結構重要な役。これ、本気で俺の時代くるかも」

　興奮した様子でルイが話してくれた時のことを思い出す。あの話をしている時のルイの嬉しそうな様子が忘れられない。釣られて希美まで泣いてしまった。自分のライブでも泣かないのに、嬉しくて泣いた。

　その情報を、こんな風に使いたくなんかなかった。

　希美が本カノであるのなら、いずれ家族になるかもしれない相手ということであり、つまりは情報漏洩には値しないのかもしれない。二人だけの秘密にしておくなら、それで済んだはずだ。

作品自体のネームバリューが凄いからか、とてつもない早さで拡散されていき、めでたくルイは大炎上した。きっと、ルイは責任を取って降板することになるだろう。一世一代の大舞台、光を浴びる場所へと向かう階段を、ルイは失う。

罰としてはこの上なく重い結果だ。

けれど——信じられない。どうしてバレたのだろう。あの投稿には、希美を特定出来る情報なんて一つも入っていなかったのに。

果たして、答えは簡潔なものだった。

「お前にしか話してないからだよ」

「嘘」

ひく、と喉が鳴る。

「他の繋がり女にも話してるんだと思った」

「言うかよ。希美以外に」

今や蔑《ないがし》ろにされている、彼に囲われている大勢の女の一人でしかない、大したネームバリューもない地下アイドルで、思い返す限り、最近は二人でまともに外に出たこともない相手。それが香椎希美だ。真代の言っていた通り、特別だなんてとても言えない、のに。

「ああ、そう」

希美は小さく呟く。

「――そうなんだ……」

これを愛とは呼びたくない。

けれど、誰かに譲り渡したくない。希美の、希美だけの、火。


泣いて縋れば良かったのに、希美は最後まで『香椎希美』を捨てられなかった。怒りと共に切り出された別れに頷き、全てのツールから民生ルイが締め出された。別れるとなって、ネックレスから指輪まで全部返せと言われたのには笑った。ルイは全然出来た恋人じゃない。理想にはほど遠い、情けない男だ。

その情けない男に、泣いて縋りたい自分がいた。

けれど、たとえプライドを捨てて泣いて縋っても、ルイは希美を赦さなかっただろう。希美は何もかもを水に流せるほどの価値のある存在じゃない。負《ま》け戦《いくさ》が目に見えていた。

結局、ルイは映画を降板しなかった。

運営とSNS公式アカウントからかしこまった反省文が出され、ルイは三か月の間活動を休止し、映画のプロモーションが始まる頃にしれっと戻ってきた。帝ヘンのライブにも握手会にも戻ってきて、彼を推すファン達は以前と変わらず迎え入れる。むしろ、繋がりのことが暴露されてからの方が、ファンの熱を強く感じた。民生ルイなら、自分でもいけるかもしれない。そう思われたからだろう。

悪評は広まっていたけれど、民生ルイのキャリアはこれからだ。燃えたもの自体が大したことがない。彼に傷がつくとしたら、これからもっと有名になって、改めて過去を掘り返される時だろう。

『ちゃおまよ』と『ぱふぇぱふぇぱーふぇくと』は共に何も投稿しなくなり、ルイの犯した罪だけがそこに残っていた。一方で『瑞菜』は今日も変わらずルイにリプライを送り、人に見えるところでせっせと愛を表明していた。彼女は多分、今もルイと繋がっているだろう。

変わらなかったことがもう一つある。東京グレーテルの香椎希美の存在だ。

東京グレーテルは相変わらず微妙な知名度を誇る地下アイドルグループだった。最近は地下の世界に留まらず活躍するメンバー――赤羽瑠璃なんかも出てきて、少し賑わっているけれど、それでも香椎希美の立ち位置は変わらない。年齢も上の方になってきて、実力も微妙。取り柄は地下アイドルにしては綺麗な美人顔。

希美がここに立っている限り、ルイが認めてくれたささやかな価値は残り続ける。だから、希美は多少の気まずさが残っていても、同じ運営の下で、遊びの延長線上のようなアイドルごっこを続ける。

そうしていつの日か、希美のことを赦してくれたルイが、前のように声を掛けてくれるんじゃないかと期待している。

そんな馬鹿げたことを思う程度には、希美は民生ルイのことを引きずっている。

星の一生

努力をすればなんでも夢が叶うと思っていた。赤羽瑠璃《あかばねるり》の人生は、全てそれで賄《まかな》ってきたようなものだ。誰も見向きもしないような地下アイドル時代を経て、喪服のような黒色を纏《まと》い、がむしゃらに光の当たる場所を目指して歩いてきた。自分で言うのもなんだけれど、瑠璃は努力家な方だと思う。捧げた分の時間と努力に報いるハッピーエンドが、きっといつか訪れるはずだと。

けれど、残念ながら瑠璃の求めるハッピーエンドと、今努力をして向かっている方向はまるで違う。みんなが憧れるガラスの靴だって、ブランドが違えば意味が無い。高いヒールを履けるようになったことは嬉しいのに、高くなった視界に求めるものがない。

とだいち『そういえばさ、式とか挙げるん?』

送られたリプライにまで丹念に目を通す、その律儀さが仇《あだ》となった。これさえ見つけなければ、瑠璃はもうしばらくの間、そのことに気づかずにいられたかもしれない。

赤羽瑠璃が自分のファンに恋をして、あろうことか彼をストーカーし、挙げ句の果てに家宅侵入まで行ってベランダから飛び下りた、あの大いなる落下から二年、物語は東京《とうきょう》グレーテルという伝説から始まる。全てを手に入れたとしてもハッピーエンドにならない人生の先に、赤羽瑠璃が立つ。

れな@武道館参戦『最近東グレ流行ってるなーって思ってる人は、全員東京グレーテルの歴史を知ってほしい。マジでエモいから』

れな@武道館参戦『元々はマジで売れない地下アイドルで、その頃のメンバーもばねるりことカリスマリーダーの赤羽瑠璃と、最年少だった佐藤纏しか残ってないの。でもそこからばねるりが頑張ってどんどんメジャーになっていって。五人体制になってからメンバー入れ替わりつつもついにここまでおっきくなったんだよ。んで、ばねるり単体が人気になって、去年「コラテラル」がバズって紅白でしょ。マジですごい』

れな@武道館参戦『赤羽瑠璃を味わってほしい』

ちゃんとした楽屋が用意されていることに、瑠璃は未だに慣れない。メンバー五人が入っても広い楽屋は、舞台袖《そで》に詰め込まれていた地下アイドル時代からすると信じられない。

ここまで来るのに、あっという間だった気もするし、すごく遠いような感覚もあった。アイドルを辞めようと思っていた時から六年。黒を纏って生まれ変わった二十五歳。リーダーになり、東《とう》グレが地下から浮かび上がった二十六歳。本格的にアイドルとして仕事が来るようになったのは二十七の時で、ブレイクは去年。一つ弾みがつけば跳ねていくのが芸能界だ。瑠璃は、それをひしひしと感じていた。

アイドルとしての活動が軌道に乗ったタイミングで、ビジュアルが良すぎるアイドルとしてSNSでバズり、瑠璃単体の仕事が増えたのがきっかけだった。ファッションイベントに出演するようになり、一般層に認知されるようになった。瑠璃の露出が増えると、東京グレーテルも有名になる。さまざまな理由から他のメンバーが辞めても、瑠璃を中心としたグループなので問題にならなかった。むしろ、SNSで有名な人間を積極的にアイドルに取り込む姿勢は追い風になった。

瑠璃は東京グレーテルを大きくすることに、その名前をどんな形であれ残すことに身を捧げた。何故なら、それは赤羽瑠璃の愛した人が、見つけてくれたグループだから。他の全てを擲ってグループの発展に貢献するリーダーは、急成長を後押しした。それこそ、取《と》り憑《つ》かれたように。

東京グレーテルは――赤羽瑠璃は、ここまで来たのだ。

たった一人の言葉を道標《みちしるべ》にし、その目を一生こちらに向けさせる為に。

今日の仕事は人気音楽番組の収録だ。瑠璃が想像もしていなかった大きな舞台である。ゴールデンタイムに東グレが出ただけで感動していためるすけが、今じゃあもう懐かしい。浴びる光の規模が全然違う。それでも高揚は変わらない。瑠璃は今でも、舞台が好きだ。

「それでは登場していただきましょう！　東京グレーテルの皆さんです！」

客席からの歓声を受けて、瑠璃は光に満ちたステージへと歩んでいく。大きなステージになればなるほど、降り注ぐ光が眩《まぶ》しくて熱いくらいだ。今日はあくまでテレビの収録だから客席の数は限られている。けれど、いざライブとなったらこの規模が数十倍にも膨《ふく》れ上がることを知っている。その風景を、既に瑠璃は味わっていた。

もう誰からも注目を浴びない、隅っこで声を張る赤羽瑠璃はいない。今ここに立っているのは、名実ともに有名になった人気アイドルの赤羽瑠璃だ。下積み時代は単なる前日譚で、今を飾るものでしかない、素晴らしきトップアイドル。夢を見ていた舞台に、瑠璃はとうとう辿り着いている。

観覧席には、当然ながらいつも探している相手の姿は無い。けれど、瑠璃にとってはテレビカメラがその人の目であり耳だった。テレビに出る時の瑠璃は、いつでもカメラに最高の愛とパフォーマンスを届けている。それが、瑠璃の出来る唯一にして最高のことだと知っているから。その瞬間、瑠璃の世界には好きな人と自分の二人きりになる。

今日も自分は完璧だろうか。自分は見惚《みと》れるくらい美しいだろうか。忘れられないくらい愛おしくて、可愛くあっていれるだろうか。そう、相手に繰り返し尋ねるみたいに。答えはきっと、オンエアの日に分かる。彼ならきっと言葉をくれる。

それが、赤羽瑠璃をやる為に必要な唯一のものだった。誇張ではなく、本当に。


「お疲れさまでーす！　本当よかったです！」

「ありがとうございます、そう言って頂けると励みになります！」

本番を終えた瑠璃は、スタッフ一人一人ににこやかに言って頭を下げる。噂に違《たが》わぬ礼儀正しさと謙虚さに、スタッフ達が驚いているのが分かる。今や赤羽瑠璃は相応のスターであるはずなのに、まるで駆け出しの頃と同じような態度をしている、なんて思ってくれているのも分かる。

瑠璃がこういうところに気を抜かないのは、それが瑠璃の聖典に書かれているからだ。

めるすけ『どれだけ売れてもばねるりの現場での態度が変わらないのがすごい。そういう人じゃないっていうのはわかってるんだけど、にしても本当にすごいことだよ』

密着取材がオンエアされた後、ＳＮＳに「めるすけ」がそう投稿した。密着取材なんだから大体の人間が品行方正に振る舞うだろうに。そんなことを投稿するめるすけが好きだった。元より瑠璃は周りの人間には礼儀正しく振る舞う方であるが、この投稿を見てからは尚更《なおさら》驕《おご》らないことを意識した。

このめるすけが、赤羽瑠璃の聖典であり、道標に据えてきた星であり、携《たずさ》えてきた愛でもある。

全くファンのいなかった瑠璃を見つけ、推してくれた人。アイドルの赤羽瑠璃を愛してくれた人。瑠璃が、六年経った今もずっと好きでいる人。それが、めるすけ――名城渓介《めじろけいすけ》だ。

赤羽瑠璃の生活の中には、いつもめるすけという基準線があった。

今じゃ誰も彼もがＳＮＳで何かを発言するから、家以外では気を抜かない。万が一にでも変なことを書かれたら、イメージダウンに繋がる。そうしたら、めるすけが失望してしまう。

現場でのコミュニケーションは全体の士気に関わるし、何より自分も嬉しくない。全ては円滑に進めるべきだ。感謝の気持ちを持って接し、みんなの潤滑油になる。同じ東グレのメンバーにも気を回し、一人一人を細やかにケアする。めるすけの好きな赤羽瑠璃ならそうするはずだから。

めるすけの理想の赤羽瑠璃は、本当の意味で理想のアイドルなのだ。だから、こんなに上手《うま》くいったのだ——と、瑠璃は本気で考えているし、きっとそれは正しい。

めるすけが愛している赤羽瑠璃を、瑠璃自身も愛していた。


「るりちゃて本当に格好いいよね。そういうタイプのアイドルなかなかいないからすっごいよ。理想のアイドルだね」

そう言ったのは副リーダーであり、この体制の東グレになってからずっと瑠璃を支えてくれている冴草美鳥《さえぐさみどり》だった。まだ一緒に活動を始めてから一年半ほどしか経っていないのに、美鳥と瑠璃はかねてからの友人のように気が合った。ややあって、瑠璃が答える。

「私は下積みが長かったから、そういうところが身に染みてるだけだよ。地下アイドルなんて何か言われるのが当然だったしさ。いつまで続くかも分からないしね」

「るりちゃは謙虚だなあ。全然大丈夫だよ。もう東グレは安泰じゃん。るりちゃはソロでもやっていけるしさ」

「無理だよ。私、一人じゃ何にも出来ないし。むしろ、カリスマっぽく見せて支えてくれるみんながいるから、東グレのリーダーとしてやっていけるっていうか……」

「そういうるりちゃだから、私らもついていけるんだよ～」

美鳥が背中を叩きながら、満面の笑《え》みで言ってくれる。元々はインフルエンサー上がりだという美鳥は、メンバーやスタッフとの調整を任されることが多く、誰よりもコミュニケーション能力が高い。持ち上げられている自分と違って、美鳥にはちゃんとした実力がある、と瑠璃は密かに考えている。

瑠璃は別に特別なことをしているわけじゃない。特別な才能を持っているアイドルというわけじゃない。本当は謙虚なわけでも礼儀正しいわけでもないのかもしれない。

もし、美鳥が本当のことを知ったらどうなるのだろう――と、瑠璃は思う。瑠璃が今日も演じている『赤羽瑠璃』を作ったのは、本当は別の人間であることを。たった一人の人間を教典にして、理想のアイドルを創り上げてきたことを。

めるすけ『今日のミューステのばねるり。本当に歌がよかった。今のばねるりくらい歌えるアイドルっていないんじゃないかと思うくらい。ボイトレ頑張ってるっていうから成果出てるんだろうな』

帰りのタクシーの中で、瑠璃はいつもの日課を楽しむ。そういえば今日は金曜日で、前に収録した音楽番組のオンエアの日なのだ。いいねをつけたくなる気持ちを抑えて、どうにかスクショをするだけに留める。めるすけの投稿だけを集めたフォルダは、もう何千枚もの画像を溜め込んでいた。

東グレの人気が安定して、赤羽瑠璃が一端《いっぱし》のアイドルになってからは、本当に忙しくなった。今までの生活が思い出せないほど、瑠璃の生活はスケジュールでいっぱいである。けれど、当然ながら瑠璃は未だにめるすけのＳＮＳアカウントを覗き見ることをやめていなかった。アイドルの規範となる投稿だけじゃなく、彼の私生活に繋がるようなものも重点的にチェックしていた。

むしろ、休憩時間の度に見るようになっているから、実際には悪化している。何しろ瑠璃には時間が無い。瑠璃の生活において、めるすけの投稿を見ること以外の娯楽は楽しめないのだ。そうなると、まるで煙草《たばこ》でも吸うかのように、めるすけのアカウントを開く頻度が増えていく。

赤羽瑠璃が人気になって、瑠璃は変わった。そして、めるすけも変わった。

瑠璃はテレビに出るようになり、雑誌でインタビューに答えるようになり、ライブの回数も増えた。するとどうなったか？　今まで日常のことを投稿していためるすけのＳＮＳ

アカウントが、赤羽瑠璃で染まったのである。

めるすけ『これからマジでばねるりのことしか呟かないと思うんで、無理ならブロックしてください』

その投稿を見つけた日は、瑠璃の中で記念日になっている。え、そんなことしてくれるの？　地下アイドルじゃなくなっても、めるすけはちゃんと追ってくれるの？　地上波に出たらなんか違うって、突き放したりしないの？

瑠璃が人気になるにつれ、新生東京グレーテルの駆け出し時代に追ってくれた層は、大体消えた。地上波に出るようなお綺麗な赤羽瑠璃や東グレは「なんか違う」んだそうだ。地下アイドル時代が長かった分、その気持ちも分かる。手が届かなくなった星に興味が無くなる層がいるのは、散々言われてきたことだ。

ありえないことだと信じていたものの、めるすけがそのタイプな可能性も無くはなかった。このままメジャーになって、めるすけが離れたらどうしよう。他の芸能人と絡むようになってめるすけががっかりしたらどうしよう。これは自分の好きな赤羽瑠璃じゃないって思ったらどうしよう。そう思うと、自分がどんどん脚光を浴びていくことが怖くなった。

でも、めるすけは違った。めるすけは、瑠璃がテレビに出る度に律儀に視聴しては感想を投稿した。数行しかインタビューの載っていない雑誌を買い、少ししか喋れなかったラジオまで生で聴いてくれた。それがどれだけ嬉しかったか。瑠璃はその一瞬一瞬の燦《きら》めきを覚えている。

アカウントを開く時、瑠璃はいつでも新鮮に怖い。めるすけが瑠璃について何も呟いてくれていなかったらどうしよう。ネガティブな感想を抱いていたらどうしよう。自信があったステージに、何の反応も無かったら？　出番を与えられる度に、瑠璃はめるすけに試されているような気分になる。だから彼女は絶対に手を抜かない。めるすけの愛に報いるだけの完璧なアイドルでいる。

そうして今日も、めるすけの基準には達したわけだ。きっと、瑠璃が見ていることなんて想像もしていないような他愛もなくて素朴な感想。それでも、瑠璃にとっては今後のボイトレを頑張るよすがになりそうな投稿。いざという時にカンフル剤になってくれる、お守りである言葉。

それを読むことだけが、瑠璃の密かな楽しみだった。

タクシーが家の最寄駅に停まる。これで、今日のめるすけタイムは終了だ。アカウントの隅々まで見たし、返信欄もいいね欄もチェックしたけれど、新しいものは特に増えていなかった。大丈夫だ。今日はきっとよく眠れるだろう。お金を払い、家に向かう。

部屋に着くと、ソファーの上に置いている白いテディベアが迎えてくれた。瑠璃はそのテディベアの隣に座ると、少しの間だけ目を閉じる。めるすけからは色々なものをプレゼントしてもらったけれど、やっぱりこれに敵《かな》うものはなかった。サンドオリオンの限定のテディベア。赤羽瑠璃が赤羽瑠璃である為の、唯一の約束。これがあるから、瑠璃は今日も頑張れる。

赤羽瑠璃が人気になり、めるすけのアカウントが活発になって一番嬉しく、同時に恐ろしくもあった変化は、彼が私生活のことを殆《ほとん》ど呟かなくなったことだ。ただでさえ瑠璃のことでタイムラインを埋めている自覚があるのだろう。今やめるすけが名城渓介になる時は、他人からの返信に応答している時くらいのものだ。

当然、同居人についての投稿も殆ど無くなった。

時折生活の陰に誰かの姿が垣間見えるくらいで、めるすけの投稿に直接的なものが見えなくなった。もしかしたら、別れたのかもしれないなんて希望を持てる程度に、めるすけの私生活が覆い隠されている。赤羽瑠璃で埋め尽くされている。同居人という言葉が出る度に怯えていた瑠璃の心が、柔らかく麻痺していくほどだった。あの日感じた悲しみも絶望も、呪いのような言葉も全部が覆い隠されていく。それこそ、この世界にはめるすけと自分しかいないみたいに。

だから、多分勘違いしてしまったのだと思う。赤羽瑠璃は精一杯頑張っていた。お伽噺《とぎばなし》では、最終的に頑張り屋さんが報われるものだと無邪気に考えてしまうくらいに溺《おぼ》れ、麻痺していた。もし瑠璃がそのくらい鈍感になっていたなら、自分を騙《だま》し続けられるくらいだったら、あんな返信なんか見つけなかったかもしれないのに。


話は冒頭に立ち戻る。赤羽瑠璃の全てを打ち砕き、存在すら揺らがせる、あの返信を見た時に。

その投稿を見つけたのは、よりによってライブの本番直前だった。忙しくて漁《あさ》れていなかったためるすけの投稿を、カンフル剤として利用しようとしたのだ。今日のライブは地方のアリーナで、配信もあるからめるすけは来ていないだろう。だから代わりにめるすけをこういう形で――……――……。

めるすけに式の予定を尋ねているのは、大学時代の友人である『とだいち』こと、戸田《とだ》一《はじめ》だった。瑠璃がいつも情報源として活用していて、名城渓介の情報をよく伝えてくれる本物の友人だ。つまり、彼が質問するほど、事態は大きく動いている。

式。この場合の式が葬式なんかじゃないことを、瑠璃はちゃんと認識している。そんな現実逃避をしている場合じゃない。この場合の式は絶対に結婚式だ。つまり、めるすけは式を挙《あ》げるような状態にあるわけで。

「本番十分前でーす。袖にお願いします」

スタッフがそう言って、瑠璃達を呼びに来る。反応が一瞬遅れた。でも立て直せた。美鳥ですら、瑠璃の変調に気づかなかったと思う。

身体《からだ》が動かなくなることはなかった。ライブはちゃんとこなせた。今や、赤羽瑠璃は色んなものを背負っている。でも、自分がどうして立っていられるのかがよく分からない。身体の外側に薄い膜が張っていて、全ての感覚が鈍くなる。

ちゃんと心が返ってきたのは、帰りのタクシーでのことだった。

悪夢を見た朝のように、ハッと瑠璃は今の状況に気がつく。

深呼吸をしているのに息がしづらい。急に咳《せ》き込《こ》み始めて、口の中に苦味《にがみ》が広がった。

家に戻ってから確認するのが怖くて、瑠璃は震える手でSNSを開いた。

とだいちからの質問に、めるすけが返信をしていた。


めるすけ『そのつもりだけど先になりそう。立て込んでるし。籍もそのあたりで』

目の奥が急に鈍痛を訴えかける。泣きそうになっているんだ、と気がついてからはもう遅かった。涙が溢れ出す。本当に悲しい時の涙は熱い上に痛い。めるすけは今日のライブの感想も何個も投稿してくれていた。そうして最後にした投稿がこれ。推《お》し活《かつ》を終えた後の日常だ。

呻《うめ》き声だけはどうにか抑えた。画面が滲《にじ》んでいく。大好きなめるすけのアイコンが揺らいでいく。

名城渓介が、瑠璃のめるすけが、他の人のものになってしまう。めるすけが結婚する。

その日が来ることを、瑠璃は敢《あ》えて無視し続けていたのだ。

名城渓介に恋人がいることは、二年前から知っていた。同居人という言葉で紛れ込み、匂い立つその存在に、瑠璃はその当時も心を掻《か》き乱されてきたからだ。長年付き合っている同棲中の彼女がいる、ということが受け容《い》れられず、瑠璃は狂乱した。挙げ句の果てに、瑠璃は二人が暮らしているマンションに侵入しさえしたのだ。

名城渓介は瑠璃のものにはならないかもしれない。でも、めるすけだけは譲れない。そう思って、瑠璃は恋人に贈られるはずだったテディベアを奪った。

それは、瑠璃の楔《くさび》だった。それがある限り、赤羽瑠璃はめるすけの心を諦めずにいられれた。果たしてめるすけは、二年後の今も瑠璃のことを一番に推してくれている。

でも、名城渓介はそうじゃない。

一度、同じようにショックを受けた時があった。

めるすけのSNSを漁っている時に、ぽろっと渓介の彼女の名前を知ってしまったことがあるのだ。これもまたリアルの友人の返信欄だったと思う。彼女は冬美《ふゆみ》、という平凡で、けれど綺麗な名前だった。

それを見た瞬間、今まで宙に浮いていた彼女の存在が一気に確かな輪郭を得てしまった。渓介が彼女をどんな風に呼ぶのかを想像してしまい、自分が同じように呼ばれることはないだろうと絶望した。反射的に『冬美』という言葉をミュートしようかと思ったが、私生活の情報を取りこぼすのが怖くて留まった。

見るのが恐ろしいのに、見えないことも恐ろしかった。瑠璃が目を背《そむ》けている間に、取り返しのつかないことが起こりそうだったから。幸いなことに、不幸なことに？　めるすけは冬美の話を自分からは出さなくなり、東グレの活躍に合わせてそれだけを呟くようになった。瑠璃はそれを無邪気に喜んでいた。

目を背けている間に、取り返しのつかないことが起こってしまった。でも、取り返しがつくとしたら、一体どこだったんだろう？

その夜、瑠璃は本気で自分が目覚めないんじゃないかと思った。相変わらず食欲も気力も無く、辛《かろ》うじて風呂にだけ入って、何も食べずにベッドに入った。息は相変わらずしづらかった。肺が急に腫《は》れてしまったかのようだった。気を抜くと涙が出そうになるので、瑠璃は意図的に自分が人間であることを忘れなくちゃならなかった。瑠璃が取れる睡眠時間なんて四時間がいいところで、とても貴重なものなのに。睡眠不足が祟《たた》って活動に影響が出るようになったら、それこそめるすけに失望されてしまう。

そのめるすけが、全ての元凶なのに。

この恐ろしい二律背反《にりつはいはん》が、赤羽瑠璃を形作っているものそのものだった。この歪《ゆが》みに気づいてしまった瞬間、瑠璃は立っていられなくなりそうだった。

めるすけ『ばねるりが女の子の憧れになってるの嬉しいな。正直サンドオリオンとのコラボイベント行きたかったんだけど浮くかと思って行けなかった』

積木『@めるすけ　ばねるり本当に最高でしたよー！　彼女さんとか興味無いんですか？』

めるすけ『@積木　サンドオリオン好きだからワンチャンあるかと思ったんですけど、あんまりこういうイベント自体が興味無いみたいで』

めるすけが結婚すると聞いてから、瑠璃の世界に安寧《あんねい》は無くなってしまった。どんなに辛い仕事もめるすけの投稿を見れば頑張れた。赤羽瑠璃の道標。赤羽瑠璃の全て。それが、瑠璃にとっての最悪のストレスの源《みなもと》になってしまうだなんて思わなかった。

勿論《もちろん》、瑠璃だって途方もないほどの馬鹿じゃない。めるすけが今付き合っている彼女と結婚する可能性なんて、何度も何度も何度も悪夢として考えていた。けれど、それと同じくらい、めるすけが彼女と別れてフリーになり、瑠璃と何らかの接点を得て自分達が付き合うようになる――というお伽噺だって何度も何度も何度も描いてきたのだ。赤羽瑠璃がめるすけの理想である内は、めるすけは赤羽瑠璃を愛し続けてくれるだろうから。それこそ、彼女を蔑《ないがし》ろにするくらいにのめり込んでくれるはずだから。

そういうことじゃなかったんだろうか？

死にそうなくらい体調が悪くても、赤羽瑠璃の日常は続く。

結局、瑠璃にはあっさりと不眠症状が出るようになった。芸能界で鎬《しのぎ》を削って、それなりに精神が強くなったはずなのに。それでも瑠璃は、好きな相手が結婚すると聞いただけでこれだけ参る。これに比べたら、芸能界で味わった苦しみなんて何でもないと思ってしまうほどだった。そんなことを言ったら絶対に馬鹿にされるだろうけれど、そうでなかったら恋愛沙汰で人生を持ち崩す人間が世の中にあれだけいるはずがない。

その日の仕事は、赤羽瑠璃ソロのバラエティの仕事だった。若い女の子に大人気のカリスマアイドルを紐解《ひもと》く、という何度かやっている座組《ざぐみ》の番組だ。心の中で笑いそうになった。こんな状態の人間にカリスマがある？　本当に？

それでも、瑠璃はちゃんとこなした。ＶＴＲに出てくる自分は、キラキラと輝いている。目立たなかった東グレ初期時代を、瑠璃は何度こうして見せられただろう。くすんだ赤色を身に纏う自分は、正直言って、冴えない。埋もれていたのも当然だ。

けれど、黒く変身した自分は、客観的に見ても素晴らしかった。売れていった理由が分かる。物語を託されるに値するカリスマ性がある。全てはたった一人のファンの、くだらない独り言から始まった。

孤高の黒を着た赤羽瑠璃は、さっきとは別人のようにこちらに手を振っている。その笑顔があまりに可愛くて、泣きそうだった。変身の程度がすごければすごいほど、瑠璃はめるすけへの執着を思い知らされることになってしまう。この頃の瑠璃は、めるすけの為に――その奥にいる名城渓介の為に、歌っている。

ＶＴＲが終わり、カメラがスタジオに戻ってくる。出演者達が拍手をして、黒い服を着たシンデレラガールを讃えてくれる。

「本当に格好いいですよ。阿賀沼沢子《あがぬまさわこ》に憧れてるっていうけど、本当にそれっぽいんだよね。気骨《きこつ》があるっていうか、ストイックさが伝わってくるんだよ。そういうところが今の世代に刺さるんだろうなあ」

司会の人の言葉に、瑠璃は笑顔で応じた。阿賀沼沢子なんて何も知らなかった。今は彼女の特集番組に呼ばれるまでになった。全部めるすけのせいだった。

「アイドルって距離が近くなりすぎたでしょ。ばねるりちゃんみたいに、本当に手が届かないようなアイドル、それこそ偶像って方のアイドルね。そういう子が必要だと思うんだよ」

手が届かないようなアイドル。今の売られ方は本当にその通りだ。でも、瑠璃はめるすけの手が届く日を夢見ていた。いつの間にか、ガラスの靴がすり替わってしまった。

「炎上とかするとアイドルの格が落ちるもんね。そこんとこ、マニ子《こ》はどうなん？」

司会が、今度はひな壇のアイドルに水を向ける。彼女は過激な発言と炎上を恐れない姿勢が売りの子だった。彼女の目が一瞬だけ瑠璃を捉える。

「すごいですよねー。こんなにスキャンダルが無いアイドルも珍しいっていうか。普通何かしら出てきますもんね」

当てこするような言葉だったが、瑠璃にはまるで響かなかった。何しろ瑠璃には本当にスキャンダルが無いのだから。誰との熱愛報道も無い。めるすけが好きだったから。変なところに出入りすることもなかった。めるすけじゃなかったら意味が無かったから。

ファンの一人を贔屓《ひいき》して愛するのは炎上しても仕方ないような裏切りかもしれないけれど、それですら本当に、何も無かった。SNSを監視して、偶然出会えるのを期待して、たった一人で焦燥して苦しんで、傍から見たら何も起こっていない。瑠璃の六年間は、客観的に見れば存在しない。

「必死なだけです。忙しくしていたらそんな暇も無くて」

「えー、共演者の人とかと連絡先交換したりもしないって聞いたんですけど、ストイック過ぎません？」

「プライベートで誰かとってことが無いんです。あっても東グレのメンバーくらいで。それで足りちゃいますし……あと、人見知りなので」

アイドルらしい、安全で清らかな笑いを取る。

瑠璃の欲しい連絡先だけが、スマホのどこにも見当たらない。

めるすけ『初めて後輩出来たんだけど、ちょっと元東グレの近藤ネオに似てて、緊張する

の草』

とだいち『@めるすけ　浮気（二重）やん』

めるすけ『@とだいち　俺にはばねるりだけです』

時間が経てば経つほど、事態は悪化していくようだった。

とにかく予定を詰めていないと、そのまま動けなくなりそうだった。胃をずっと絞られているような感覚がある。痺《しび》れている箇所が増えていく。薬に頼ってどうにか眠れるようになったものの、気分は最悪だった。それでも、オンエアで確認する瑠璃はちゃんと『赤羽瑠璃』をやれていて、そのことが不思議で仕方ない。

一旦、めるすけのアカウントを見るのをやめることにした。

めるすけがリアルタイムで実況をしてくれないかもしれない。感想を呟いてくれないかもしれない。代わりに彼女についての投稿が増えていたら、自分はきっと立ち直れない。六年間、あれほど丹念に眺めていたものから手を離すのは、恐ろしいことだった。

めるすけのアカウントを見ないようにしてから、時間がぽっかりと空《あ》いてしまった。あれだけ忙しいと思っていたのに、隙間の時間にやることが無い。仕事をこなした後にスマホを見る楽しみが無い。

習慣を手放した後の自分の生活があまりに空っぽで、押し潰されそうになる。仕事終わりにめるすけの呟きを見て癒されることは、もう無いんだ。そう思うと、これからの人生があまりに空虚で耐えられない。あの幸せがもう戻ってこない？　本当に？

それはまるで、自分の人生にはもう幸せな日なんて永遠に来ないと言われているみたいだった。小学生の頃、母親に「もう幼稚園生には戻れないんだからね」と言われて、瑠璃は朧《おぼろ》げながら時間の不可逆性を認識し、訳も分からず泣いた。

幼稚園時代の瑠璃は幸せだった。ジャングルジムに登るのが好きだった。友達も大勢いたし、読み聞かせや合唱の時間が楽しみだった。不安なんて欠片《かけら》も無かったあの時に戻れないと聞かされて、瑠璃は怖かった。

今訪れている絶望は、それと同じだった。

めるすけ『新曲の振りのキレすっごい。忙しいだろうに完璧に仕上げてて鳥肌立つわ。ライブで見るとさ、振りが大きくて綺麗で逆に目立つんだよ。あれ見る為に毎回行ってるまである』

瑠璃は赤羽瑠璃をこなさなければならない。たとえめるすけが結婚しても。誰かと暮らすめるすけの家のテレビには、自分が映っていたいから。

恐ろしいことに、瑠璃は『失恋から立ち直る方法』なんて、直接的すぎて恥ずかしいような言葉まで検索した。

その中では瑠璃の恋は依存だとか執着だとか評されていて、瑠璃は素直にキレた。依存でも執着でもないお綺麗な恋を出来ている人間が、ある日いきなり破局するところを妄想した。呪いはこうやって生まれていくのだと思った。

優しく寄り添ってくれるアドバイスでさえ、結論は他のことに集中して好きな人のことを考えている時間を減らす、という愚にもつかないものだった。それで一体何が解決する?

自慢じゃないけれど、赤羽瑠璃はそこらの人間よりずっと忙しい自負がある。今月は休みが取れなかった。毎日瑠璃はアイドルとして活動している。朝から晩まで働いている。心を殺して身体を限界まで酷使しても、めるすけの存在はたった数秒の空隙に入り込んでくる。

別れたわけでもないのに、ＳＮＳで復縁アカウントと名のつくものを片っ端から検索した。誰もが瑠璃と同じように元恋人のことが忘れられず苦しんで、どうにかして今の恋人と好きな相手が別れることを望んでいた。瑠璃は祈るような気持ちでそういったアカウントを眺めていたが、大半は他の人を見つけたり、アカウント自体を消してしまったりした。

次に進んでいるのだ。


choco@元復縁垢『復縁にこだわっちゃう気持ちめっちゃ分かります。でも時間が解決してくれますよ。私二年引きずりましたから笑某女優さんも二年引きずったって笑でも今じゃ思い出すことないです。今の彼と出会えてよかったー』

どんな感情だって風化するものだから、一番いいのは時間に解決してもらうことだろう。

でも、それっていつまでかかる？

二年で終わらなかったらどうしよう。アイドルの二年は途方も無く長いのに、こんなに辛いまま二年も過ごさなくちゃいけなくなるのが怖い。もしそれでも立ち上がれなかったら、三年、四年と胸を痛ませ続けるのか。四年も不幸なままでいる自分を想像すると、ぞっとする。


復縁みかちゃん『復縁成功しましたとか、逆に前向きになって元彼忘れられるようになります大丈夫ですとか、全部業者だと思ってる。こんなんに騙される奴いるの？』

復縁みかちゃん『今カノ死ね死ね死ね地獄に堕ちろ。クソ男と一緒に死ね。結婚なんかさせるかよ。一緒に暮らしてた六年間捨ててポッと出の女と結婚しやがって』

復縁みかちゃん『お願いだから戻ってきてよ　私だって指輪欲しかった』

物分かりが良くて前向きな投稿よりも、こちらの方が共感出来た。めるすけに死んでほしくはないけれど、もし冬美と別れさせられるなら、瑠璃は躊躇《ためら》いなくそうするだろう。酷《ひど》い話だ。

それにしても、このアカウントの持ち主は六年間も一緒に暮らしていたのか、と瑠璃はぼんやり思う。六年。瑠璃がめるすけをよすがにしていた期間と同じだけの期間だ。冷静に考えたら、瑠璃には何も無いのだった。勿論、めるすけからのプレゼントはある。くれた言葉も、向けてくれた感情も全部覚えている。愛だったら、この中の誰より与えられた自覚がある。でも、それはあくまでアイドルとファンの一線を越えないもので、健全すぎた。

瑠璃には何も無いから、何も出来ない。

めるすけ『好きなばねるり発表ドラゴンが、好きなばねるりを発表します』

占いを受けることになった。

当たると評判の占い師にゲストが占いを受ける、人気のバラエティに呼ばれたのだ。何人もの芸能人の婚期を当て、本物だと話題になっていた。

例の投稿からまだ一か月だった。傷はマシになるどころか痛みを増していて、瑠璃の体調は刻一刻と悪化している。ただ、芸能人というものはどれだけコンディションが悪かろうと外見にはあまり影響しないものだ。誤魔化す術も十分覚えた。瑠璃は一端の『アイドル』になっていた。どれだけキツくたってゴールデンのバラエティに出られる。

用意されていた黒いワンピースに身を包み、瑠璃は占い師に対峙した。沢山の人を見てきただけあって、彼女は親しみやすくありながらも、どこか超然とした雰囲気があった。四十代にも見えるし、六十代にも見える。

「占い師の森宮照守《もりみやてらす》です。よろしくお願いします」

「東京グレーテルの赤羽瑠璃です。よろしくお願いします」

カメラの前にいるのに、それにあまり意識が向かなかった。この番組が決まってから、森宮照守の評判についてあれこれ調べた。絶対に当たるとか、驚異の的中率だとか、そういう文言が躍《おど》っていた。

「それじゃあ全体運から見ていくんですけど、まずは――」

正直な話をすると、この辺りの話は全然頭に入ってこなかった。仕事の安定だとか、脚光を浴びるとか、違う分野で活躍出来るとか、今聞きたいのはそういう言葉なんかじゃなかった。瑠璃は完璧な笑顔とリアクションで場を捌《さば》きながら、その時を待った。

「それじゃあ恋愛について見ていこうと思うんですけど」

来た。オンエアでは恐らく、わーあというSEが入るだろう箇所。今は適度にしんとしていて、瑠璃だけが密かに身を固くしているだろう箇所。

「どうですかー、プライベートとか」

森宮照守が穏やかな笑みを浮かべながら尋ねてくる。テロップで『アイドルに聞く質問じゃない』とでも煽られるだろう質問を、一旦笑顔で流す。

「下積み時代が長かったからか、恋愛とかには全然興味が無くて。少なくとも地下アイドル時代から好きな人も恋人も作ったことが無いです」

アイドルとしてこれほど完璧な回答も無いと思う。

一瞬、これでめるすけががっかりしたらどうしよう。なんて、恐ろしいことまで思う。マリッジブルーで一番揺らぎやすい時期で、押せば落ちるかもしれない状態なのに、好きな人はいないって言われたら望みが無いって思うかもしれない。デビューした時から好きな人がいて、だとどう？　めるすけは自分だと思うだろうか？　アイドルとして失格な回答を、自分のことだとは思わないかも。じゃあ、最初期から応援してくれているファンが――。

そこで我に返った。自分は今、何をしようとしていた？

「あー、でも見えましたね。恋愛……というより、結婚ね。貴女《あなた》すごくいいです。多分、交際してから結婚まですぐだと思う」

「そうなんですか」

交際から結婚まですぐ、という言葉に心臓が跳ねる。なら、自分でもいい？　自分にも可能性がある？　心がめちゃくちゃになっていく。そういう話をされているわけじゃないのに、そういうことに引きずられていく。

「結婚自体は多分、三十代の半ばで――」

「え」

瑠璃があからさまにショックを受けたからか、森宮が顔を引き攣《ひつ》らせた。そして、プロとして立て直す。

「もしかしてもっと早めがいいですか？」

きっとここは爆笑のＳＥが入る。でも、収録現場自体はただ沈黙が支配している。

「早めかは――その、どんな人か、とか、あの、はは、全然想像もつかないから……聞けたら……」

「もしかしたらちょっと歳離れてるかもしれない。この感じだと、同じ業界の可能性が高くて――」

「それじゃ」

上手くコメントが出来ない。あからさまな放送事故を起こしている。でも、咄嗟に出てきた言葉がひっこめられない。それじゃあ、それは、名城渓介じゃ、ないじゃないですか。瑠璃は口をぱくぱくさせたまま、何も言えなくなった。言ったところで占いの結果が変わるはずがないし、そもそもこんなものただの占いでしかない。けれど、初めて他の人から「諦めろ」と言われたみたいで、そんなの、あんまりじゃないか？

結局、瑠璃は珍しくNGを出して、同じやり取りを撮り直した。占いの結果は当然ながら変わらない。今度は完璧で当《あ》たり障《さわ》りの無いことをコメントする。

その日の夜、久々に瑠璃はめるすけのアカウントを見に行った。

最後の投稿は三日前になっていた。この三日、何かがオンエアされなかっただろうか？

考え込む。考え込んで、何も思い出せない。

めるすけの人生には赤羽瑠璃が必要だと思っていた。自分がアイドルである限り、めるすけの心の一部は自分のものだと思っていた。もしかして、それももう無くなるのだろうか?

めるすけ『@野田　まだ籍入れてない。まあ式近くなってから』

三年ぶりに、黒藤《くろふじ》えいらと会った。殆ど没交渉だったのに、珍しくえいらの方から声を掛けてきたのだ。殺人的な忙しさの中、瑠璃はなんとか時間を作って約束を取りつけた。家で一人でいると、すぐにめるすけのことを考え始めてよくなかった。全然、前に進めない。

会う場所はえいらの家になった。えいらは東グレを辞めてからすぐに、付き合っていた彼氏と結婚していた。

「めるすけ結婚するからへこんでるの?」

家に着くなり、えいらはそう言った。

「なんでそれ……」

「あれからもずっとめるすけのこと監視してさ。趣味みたいなものなんだけど。で、めるすけ結婚してたじゃん？　流石《さすが》にやばいかもって笑ったね」

えいらが普通に会話に出してきたことに驚きながらも、瑠璃は嬉しかった。めるすけと瑠璃の間にあるものを——あるいは存在しないものを知っているのは、瑠璃が誰からも顧みられない赤いアイドルだった頃の知り合いくらいだ。

「……結婚は秋だって……」

「うーわマジで怖い。まーじでマジで怖い。これ実話怪談だよ。もう結婚の話が周りにも出てるんだよ？　そういう小さいところにこだわってる場合じゃないよ」

「怖いと思う。私だって自分が怖い。でもどうしたらいいか分かんないの」

「全てを手に入れて紅白まで出たのにねえ……」

えいらの口調は思いの外優しかった。同情しているような響きすらある。そのことが、瑠璃の傷と痛みを少しだけ和《やわ》らげてくれた。

アイドルとしての成功を軽《かろ》んじているわけじゃなかった。

たとえめるすけが他の人を愛して、一緒に人生を歩んで、いつの日か赤羽瑠璃のことを過去にしてしまったとしても。別に赤羽瑠璃の成功が無くなってしまうわけじゃない。そんなことは分かっている。分かっているけれど、理解が傷を埋めてくれない。

「私のこと、テレビで観たことある？」

「あれだけ出ててそれは嫌味すぎるでしょ」

えいらが少しだけ顔を歪ませる。瑠璃が慌てて何かを言うより先に、彼女は「いや、今のは私の問題か」とゆっくり首を振った。

「点《つ》けて出てる時は観てるよ。なんとなく、懐かしい気持ちにもなるしさ」

「ずっと……事情を知ってる人に聞いてみたかったんだけど」

「何？」

「私、大丈夫？　あの投稿見つけてから、ずっと上手く休めないし、気持ちが休まらなくて。見た目とかパフォーマンスとか……変わってないか怖いの」

今のところ誰かに指摘されたことはない。少し気を張りすぎているのではないか、とメンバーやマネージャーに気遣われるくらいだ。瑠璃の心の中の嵐を誰も知らない。以前とはまるで世界が変わってしまったことも。めるすけのことに引きずられて、赤羽瑠璃に影響が出ていないかが怖かった。そうなったら、いよいよ瑠璃には何も無い。

「安心しなよ。むしろ最近キレッキレだと思うよ」

「本当に？　私、もう自分じゃよく分かんなくて……」

「没頭してないとおかしくなりそうな人間のパフォーマンスって、ここまで研ぎ澄まされるんだって思ってる。ばねるりは綺麗だよ。私はもう全部から降りてるから分かる」

瑠璃の目に映る黒藤えいらは、あまり変わっていないように見えた。アイドルを辞め、歳を重ねた今でも可愛い。

けれど、あの時のえいらにあった輝きのようなもの――舞台に焦がれた人間特有の光は確かに失われてしまっていた。恐らくは、自分を売り物にしようという人間が持たなければいけない輝き。人間であることから離れる為に必要な薪のようなものが、黒藤えいらにはもう無かった。

その代わり、今のえいらは奇妙に落ち着いていた。あの頃は、瑠璃もえいらも余裕が無かった。いつも何かに追い立てられて、息苦しくて仕方なかった。えいらはある種の安寧を手に入れていた。舞台の上の身を焼く照明の代わりに、リビングを温かく照らす光を。

「その点は大丈夫だよ。今が燃え尽きる前の最後の光な可能性もあるけど、ばねるりは今も輝いてる。この間、ドラマ出たでしょ。アイドル降りたら女優ルートが一番いいと思う。歌が好きなら歌手もいいけど、私は女優に一票」

「そんな……あれは、なんか断れなくて出ただけだから。演技とか私には向いてないなって。オンエア見て恥ずかしくなった」

瑠璃は主人公の上司で、新進気鋭のファッションデザイナーの役だった。それこそ、サンドオリオンの灰羽妃楽姫《はいばねきらき》みたいな、クールで女王様みたいな。彼女はヒーローが恋する憧れの女の役どころで、何度求婚されてもすげなく断るのだった。

瑠璃はむしろ、このファッションデザイナーよりもヒーローの方に共感してしまって泣きそうだった。何度断られても、好きな人にアタックし続ける諦めの悪い男。最後には結局、主人公に絆《ほだ》されてそっちを好きになる男。瑠璃はどうしても、この男に諦めてほしくなかった。好きな人のことを最後まで愛して、そのまま死んでくれたらいいとすら思った。でも、そんな恋物語はドラマにならない。

赤羽瑠璃を見る目が確かなはずのめるすけは、瑠璃の演技を絶賛していた。心の中で瑠璃が泣きそうなことも気づかず「色んな役のばねるり見たいなぁ」なんて暢気《のんき》なことを投稿していた。

「もしかしたら、本当にめるすけがばねるりに飽きてアカウント消したら全部ダメになるかもしれないけど。今のところはいい感じだよ」

「……想像しただけで無理、本当に、死にたくなるから無理」

「無理でも生きないといけないから人生って辛いよね」

ややあって、瑠璃はぽつりと言った。

「ネタ売られて破滅することすら出来ないんだ。私とめるすけには何にも無いから」

「健全だもんね。ファンのネトストしてるだけで繋がるわけでもなかったし。そのせいでここまで何も出来ずに終わるわけだけど」

えいらは、瑠璃が名城渓介のマンションに侵入したことを知らない。けれど、あの場合においても瑠璃は何も出来なかった。めるすけの恋人からテディベアを奪っただけで、本当に必要なことは何一つ出来なかった。本当に必要なこと？　それって一体何だった？

その瞬間、えいらがスッと目を細めた。まるで知らない人が出てきたみたいで、瑠璃は息を呑《の》む。彼女の唇が渇いていることに、瑠璃は今更気がついた。東グレにいた頃、彼女の唇が荒れているところなんか見たことがなかった。

「死ぬくらいなら、めちゃくちゃにしちゃえばいいじゃん」

「え？」

「めるすけに会いに行って、告白しなよ。めるすけが瑠璃にどれだけ注ぎ込んできたと思ってるの？　たとえ籍入れてたとしてもめるすけは離婚して瑠璃を選ぶんじゃない？」

そう言われた瞬間、心臓が痛くなった。

「いや……そんなこと、無いでしょ。いくら応援してるアイドルに言われたからって、同棲までしてる相手捨てて私を選ぶわけ――」

「言うだけ無料じゃん」

「いや、でもそんな……でも、それは」

「それをしない分だけ、あんたは赤羽瑠璃を愛してるんだよ。握手が無料じゃない自分に、価値を見出してるんでしょ」

えいらがそこまで言って、ふっと表情を緩めた。

「まあ、どうなっても人間なんて不幸なんだよ。東グレを辞めて思ったんだけどね。幸せな人間なんてこの世に多分一人もいないの。残念ながら、そういう風になってるみたい」

「そんな厭世的《えんせいてき》なこと言うキャラだったっけ……」

「瑠璃こそ、そんなに難しいことを言うキャラじゃなかったのにね」

めるすけ様々だよね、とえいらが笑う。

「赤羽瑠璃を作ったのはめるすけかもしれないけど、それはもう瑠璃のものだよ。厭世的なんて言葉を日常会話で使うような、そんな人間じゃなかったでしょ。もう瑠璃は変わっちゃって、変わっちゃったから、もうめるすけのものじゃないの」

瑠璃は、その言葉でなんだか泣きそうになった。

自分は告白すべきなんだろうか。それに失敗した時、瑠璃は一体どうなってしまう？　めるすけはその後も何食わぬ顔で瑠璃のことを推すのだろうか。めるすけは、瑠璃が接触してきたことを言いふらすような人間じゃない。本当に？

何より、めるすけに拒絶された自分がどうなってしまうのか、自分でも分からない。

季節は秋になろうとしていた。

めるすけが式を挙げる季節だ。

めるすけ『子供の頃の写真全然ない。大学入ってからのもほぼない。社会人に至ってはゼロ。ばねるりの写真だけがある』

秋が近づくにつれ、めるすけの投稿は少なくなり、それと反比例するように、瑠璃は執《しっ》拗《よう》にアカウントを監視するようになっていた。

自分が何を求めてめるすけのアカウントを見ているかは分かっていた。

瑠璃は、名城渓介の結婚式の日取りが知りたかったのだ。

自分が最も傷つくであろう致命的な情報を、どうして血眼《ちまなこ》になって探しているのか分からない。でも、後からその日を知ることになったら、そちらの方が恐ろしい。その日を境に自分がどうなってしまうのかが分からなかったから、心構えをしておきたかったのもある。

もしかしたら、結婚式を境に全てが大丈夫になるのかもしれない、とも思った。区切りさえあれば、瑠璃は名城渓介のことを諦められるかもしれない。希望的観測だ。そんな魔法みたいなことがあるわけないと、血塗《ちまみ》れの心が叫んでいる。

めるすけのアカウントも、それに返信をするアカウントも、いいね欄も含めて徹底的に見た。めるすけが結婚式のマナーに関する投稿をチェックしていると知ってしまった時、瑠璃はどうしたって泣いた。めるすけの意識の中にはごく自然に結婚があるのだ。

結婚がエンドロールだけで完結するハッピーエンドではなく、続いていく日常であるから、瑠璃はどうしても耐えられなかった。めるすけが赤羽瑠璃を日常にしてくれていたのが、瑠璃はすごく好きだった。

けれど、どれだけ瑠璃が探りを入れても、式の日取りは分からなかった。ちらほらそれらしい単語は見え隠れするものの、SNS上でわざわざ日付なんか出さないわけだ。だったら隠し通してくれればいいのに。芸能人でもない、ごく普通の一般人の式だからこそ、周辺の情報だけが集まってしまう。冬美のドレスの色なんか、瑠璃は知りたくもなかったのに。

そうして秋が深まる。瑠璃はますます忙しくなって、めるすけというご褒美を与えられないまま働き続ける。

めるすけ『ドレスが瑠璃色なんだよなぁ』

その頃、瑠璃は羊星《ひつぼし》めいめいというVtuberと対談することになった。登録者数が二百万人を超える有名な配信者で、街頭ビジョンでオリジナル曲が流れているのを聴いたことがある。

実を言うと、彼女と話すのは初めてじゃなかった。羊星めいめいを演じている、いわゆる中の人は長谷川《はせがわ》雪里《せつり》という、元東京グレーテルのメンバーだった。麗しき一期生である。殆ど話したことはなかったけれど、雪里がどんなアイドルだったかは覚えている。熱心でひたむきでアイドルが好きで、まさに地下アイドルをやるに相応《ふさわ》しいメンタルの持ち主だった。赤羽瑠璃と少し似ていた。彼女が東グレを辞めた後、こういう形で話せるのは素直に嬉しかった。

「元東グレだっていうことは公然の秘密というか、暗黙の了解なのでそこは触れないで話すことになりますかね。でも、なんとなくアイドルをやってきた同士の話が出来たらいいかなと。エモいと思うんですよ」

マネージャーが企画書と共に説明をしてくる。羊の角を生やした可愛らしいキャラクターの横に、瑠璃の知っている長谷川雪里の写真が貼ってあった。今はもう懐かしい、東京グレーテルの衣装を着た雪里が。

「長谷川先輩はその当時の東グレを作ってくださった方ですし、今はみんなに大人気の配信者ですし、すごく光栄です」

「ばねるりと羊星めいめいなんか、今の時代をひた走ってる存在ですから」

「そんな……私はそこまでじゃないですよ」

本心からそう返す。今日も惑わず頑張っているだろう雪里と比べるには、今の瑠璃の状態は酷い。本当にアイドルをやろうと思うなら、何に惑うことなく走り続けなくちゃいけなかったのに。雪里は、プライベートのことに心を乱されたりしないのだろうか。そんなことを考えていると、マネージャーが言った。

「いつまでアイドルを続けるのかって話も出来たらいいですよね」

「いつまで……」

「今はファンも物語が好きなわけですよ。こんな歳でも頑張ってるとか、こんなに長いことアイドルって肩書を捨ててないとか、そういうところに価値を見出す傾向にあるというか。だから、アイドルの寿命も長い。どのくらい、自分をショービズの世界に捧げるかという点で、赤羽瑠璃と羊星めいめいは近いような気がしていて――」

それを聞いて、この間のえいらとの会話を思い出した。

瑠璃はなんとなく、自分が一生アイドルを続けるんだと思っていた。だってそうじゃなかったら、めるすけが一生推してくれないから。めるすけが別のアイドルを好きになっちゃうかもしれないから。だから、赤羽瑠璃はいつまでもアイドルでいるはずだった。それが、二人の間にある約束で、唯一の絆だったから。

でも、今はもう違う。瑠璃がアイドルでいようがいまいが、めるすけはいなくなる。他の推し達のグッズと同じように、赤羽瑠璃のグッズだってコンテナにまとめてしまう。かつて好きだったミニカーと同じ扱いにする。

扱いにする、かもしれない、けれど。

「そうか……私って、ずっとアイドルなわけじゃないんですね。自分が一生、東京グレーテルの赤羽瑠璃なんだと思ってました」

「赤羽さんは形を変えて一生ショービズの世界にいる方だと思いますけどね」

マネージャーが、瑠璃の内心なんかを知らずにそう言った。嬉しい言葉だ。嬉しい言葉だけれど、違う。

永遠にアイドルをやれるわけじゃない。

永遠に東京グレーテルなわけじゃない。

赤羽瑠璃だっていつかは舞台を降りる。夢は叶えた。だからここで終わってもいいんじゃないか？　誰かに認められたかった。舞台の上で、歌いたかった。踊りたかった。それは叶った。

だったら、全てを捨てて、一番欲しいものに手を伸ばすべきなんじゃないか？

赤羽瑠璃『サンドオリオンの新作コレクションでもモデルを務めさせていただいています。サンドオリオンの服もテディベアもずっと大切な宝物。いつも励まされています』

めるすけに会いに行き、形振《なりふ》り構わず自分を選んで欲しいと言うべきなんじゃないか？　そうしたら、本当に欲しかったものが手に入るかもしれない。

瑠璃はテディベアが欲しいわけじゃなかった。瑠璃が欲しかったのは、もっと別のものだ。瑠璃は今でもそれが欲しい。くるおしいほどに。

とだいち『@めるすけ　ごめん！　水道橋と日本橋間違えたからギリに着く！』

めるすけ『人の晴れ舞台に遅刻すんなや』

そのやり取りを見たのは、羊星めいめいとの対談が始まる二時間前のことだった。入り時間が迫るタクシーの中で、瑠璃の世界がひっくり返る。

人の警戒心が一番緩むのは、ハレの日の当日だ。何日にどこでやるかをまるで教えてくれなかっためるすけ達が、こんなにも無防備に式の情報を曝《さら》け出《だ》している。きっと、誰かに見られていることなんて想像もしていないだろう。ましてや、赤羽瑠璃に見られていることなんか。

水道橋。水道橋に行かなくちゃいけない。

気づくと瑠璃は、タクシーの運転手に行き先の変更を申し出ていた。

「水道橋まで」

瑠璃は、今まで一度も仕事をすっぽかしたことなんかなかった。きっと、大変なことになるだろう。長谷川雪里にも迷惑を掛ける。マネージャーは心配する。

けれど、名城渓介が結婚してしまう。

今日しかない。もう手遅れかもしれないけれど、瑠璃は行くしかない。

瑠璃は身体を丸めるようにして、めるすけと繋がっている、大学時代の友人達のアカウントを遡《さかのぼ》った。同窓会気分なのか、式場の前で集合写真を撮って上げているアカウントがあった。名前を調べて、急いで検索する。ガーデンパーティー風の結婚式を挙げられるレストランだった。めるすけが選ぶには、少し明るすぎるようなところだ。

それでも、侵入するのが大変なホテルの式場じゃなくてよかった。運命が——ここの式場を選んだ誰かが、瑠璃の味方をしている。

水道橋に着くと、瑠璃は財布の中身を丸ごと放り出すような勢いで運賃を支払い、式場へ駆け出して行った。異変を察知したのだろうマネージャーから、何件かメッセージが入っていた。瑠璃は既読すらつけない。こんなこと、言えるはずがない。

式場に走っている時、瑠璃の中にあったのは解放感だった。——もう我慢しなくていいんだ。もう蓋《ふた》をしなくていいんだ。東京グレーテルの赤羽瑠璃じゃなく、ただの赤羽瑠璃としてこちらから会いに行ってもいいんだ。

考えてみれば、瑠璃と名城渓介の間には何も無かったわけじゃない。瑠璃と名城渓介が手を触れ合わせた時間を思い出す。たかだかアイドルとファンの握手だ。数秒にも満たない、サービスの一環としての触れ合い。

でも、瑠璃にとってはそれが幸せだった。あの数秒で、何かを得たような気分になっていた。

あの手の温《ぬく》みで頑張れた夜があり、迎えられた朝があった。それを伝えられないまま一生を終えたくない。

舞台から送る愛だけでは伝わらなかった。一生推して、一生愛して、他の誰をも日常の隣に置かないで。

瑠璃はそれを、伝えなければならない。


式場の周りは招待客で賑わっていた。ちらほら見覚えがあるのは、恐らく東京グレーテルファンだからだろう。瑠璃は息を潜めて様子を窺《うかが》う。こんなところに瑠璃がいることがバレたら、色々な意味で大変なことになるだろう。

かつては、名城渓介の元バイト先まで行って、誰かが気づいてくれないかと期待していたのに。今の状況はあれとは真逆だ。瑠璃はなんだか酷く孤独な気持ちになった。一体自分は何をしているんだろう、とめるすけの家に侵入した時の後悔を思い出す。でも、ここで瑠璃が動かなければ、名城渓介は。瑠璃のめるすけは。

瑠璃はレストランの外周を回って、どうにかして裏口を探そうとしていた。きっと今なら、渓介は花嫁と離れて控え室で待っているはず。必ず一人になる瞬間がある。そこを狙えば、きっと二人で話せる。

レストランの周りはところどころ花で飾りつけられていた。それを見て、瑠璃の胸が痛む。もしめるすけが――名城渓介が、瑠璃を選んでくれたらどうしよう。今、渓介と付き合っている冬美はどうなるのか？　当然、ショックを受けるだろう。参列客だって動揺するし、悲しむはずだ。

瑠璃の脳裏に過《よぎ》ったのは、めるすけから貰ったテディベアだった。恐らくは、冬美のものだったであろうテディベア。あれを貰って、瑠璃は我慢しなければいけなかった。アイドルにあげる、他愛のないプレゼントだけで。どうして我慢出来ないのか。どうして、めるすけじゃなくちゃいけないのか。瑠璃にももう分からない。でも、瑠璃はもう半年以上も苦しい。寂しい。めるすけだけじゃ駄目だった。赤羽瑠璃は、名城渓介が欲しい。

南側の庭には既に立食パーティーの用意がされていた。見たくなかった。二人の門出を祝うもので、瑠璃はゆっくりと追い詰められている。普段はスポットライトを浴びている身体を縮こめて、出窓の下に潜む。

女の泣き声が聞こえてきたのは、その時だった。

ハレの日に相応しくない、怒りのこもった声で、彼女が言う。

「信じられない、マジで渓介って私の気持ち考えてないよね！」

思わず口元を押さえた。一瞬で理解する。

これは、冬美の声だ。

ここは、冬美の控え室の窓の下なのだ。

冬美と口論しているのは、瑠璃が求めてやまない名城渓介だろう。冬美と渓介が喧嘩をしている？　一体なんで？　答えは、すぐに分かった。

「この曲、やだって言ったのに！」

この曲？　そういえば、庭の方から音楽が聴こえる。これが喧嘩の原因なんだろうか？

微かに聴こえる曲に耳を澄ませて、――息を呑んだ。

よく聴かないと分からない。でも、瑠璃は――瑠璃だからこそ、分かる曲だった。

初めてのソロアルバムに収録された、ウエディングソングだ。

歌詞はまだ野暮ったくて、歌い方もまだこなれていない。でも、一生懸命だったし、なんならめるすけのことを思って歌った。恥ずかしいくらい浮かれていた、幸せな頃の赤羽瑠璃の歌だ。

赤羽瑠璃の歌を流したことで、めるすけが責められている。つまりはそういうことのようだった。

馬鹿みたいだな、と瑠璃は思う。きっと冬美は、赤羽瑠璃が嫌いなんだろう。当然だ。自分の恋人があそこまでアイドルにのめり込んでいるのを見ていい気分になるはずがない。そんな彼女を泣かせてまで、名城渓介はこの曲を自分の人生の節目に流すことを選んだのだ。馬鹿みたいだ。そんなことで妻になる相手を泣かせるなんて。

こんなことで、こんなものが。

冬美の泣き声に呼応するように、瑠璃からも涙が溢《あふ》れてきた。こんなのはずるい。これを使うなら、赤羽瑠璃との結婚式であってほしかった。他人との結婚式で流さないでほしかった。——私の歌を、人生のＢＧＭに使うな。私は全てにおいて、君の人生の主役でありたかった。

瑠璃は結局動けない。あの日のベッドの下に、かつて好きだったアイドル達の残骸の中に、今もきっと身を横たえている。胸が苦しい。こんなに好きなのに。今でもちゃんと。その為にここまで来た。ウエディングソングを使われるんじゃなくて、ＢＧＭじゃなくて、隣で伴侶として歩く為に。

冬美の泣き声が遠のいていく。多分、花嫁に似合わない崩れたメイクを直して、結婚式を行う為だ。渓介も気まずそうにその場に顔を出して、二人は式前なのに揉めるのかもしれない。でも多分、結婚式を中止しようとはならない。

瑠璃の歌声が、冬美と渓介の幸せを祈っている。本当は死んでほしいし消えてほしい。一欠片も祝いたくないし、冬美の涙だけが瑠璃を癒してくれるくらいだ。

でも、赤羽瑠璃は座り込んで、動かないままでいる。結婚式に乗り込んで、自分の一番のファンを攫《さら》ったりしない。

だって、二人を祝福しているのが自分だから。めるすけが愛してくれた、赤羽瑠璃そのものだから。まるで呪いだ。アイドルとして歌い続けたお陰で、赤羽瑠璃の歌は、めるすけの人生の全ての場面を祝福してしまう。

過去の赤羽瑠璃が歌っている。未来のことを少しも考えないまま歌い続ける。おぞましいほど一途に、恋をしている。その道は地獄に続いているのに、その道を辿らなければ、赤羽瑠璃はアイドルにはなれなかったのだ。

愛している、と瑠璃は呟く。あなたのことを愛している。君のことだけがずっと好きです。私は絶対に忘れない。ずっとあなただけを愛し続ける。

けれど、その声は赤羽瑠璃の歌声に掻き消される。ある一つの終着点、ハッピーエンドの区切りの中に埋もれていく。

「ざまあみろ。こんな歌くらいで怒るなよ！　私、これしかないのに。これしかないから、これだけちょうだい。なんだよ、私のめるすけを奪ったくせに、泣くなよ」

赤羽瑠璃の長い長い墜落の初めを辿るなら、本当に正しい開始地点は、赤羽瑠璃が名城渓介を見つけたあの瞬間だった。取り返しがつく地点など、ただ一つとしてないのだと、瑠璃は今更知ったのだった。

めるすけ『私事ですが結婚しました。俺の密かな夢に自分の結婚式でばねるりの「Dear My Dear」を流すっていうのがあったんですが、叶いました。ありがとうばねるり』

赤羽瑠璃はよく二年のことを考える。好きな人を忘れる為の、もう大丈夫な自分になる為の二年のことを。もしかしたら二年では到底足りないかもしれない時間のことを。

名城渓介のことを思う度に、瑠璃は新鮮に苦しい。息が出来なくなるし、なんだか頭痛がしてくる。失恋なんかでそこまでのストレスを覚えるなんて——と、馬鹿にされそうだけれど、ネットには瑠璃のような人間が溢れていて、逆にありふれている。薬は今でも飲み続けている。眠りが深くなって上等だ。

自分の歌声に呪われた赤羽瑠璃は、何にも出来ないまま式場を後にした。考えうる限り、最悪の結末だった。めるすけは瑠璃がどんな気持ちかを知らないし、これからも知ることがない。瑠璃は最大のチャンスをフイにした。

取り返しがついたかもしれないのに。赤羽瑠璃が名城渓介と結婚する結末だってあったのかもしれないのに。本当は、あそこで何も出来なかったことが悔しくて悲しくて、動悸と共に目を醒ますことがある。本当に病気だ。でも、病気じゃなければ、赤羽瑠璃はここまで来られなかった。

対談をすっぽかした羊星めいめいとは、後日改めて対談をさせてもらうことになった。瑠璃と同じくらい――なんなら、瑠璃よりも色々な意味で忙しいだろうに、羊星めいめいは寛大に瑠璃のことを許してくれた。

「人間だからそういう時もあると思います」

そう言う彼女は、もう東グレの長谷川雪里ではなく、ネット上のアイドル羊星めいめいだった。人間だから、と宣《のたま》う彼女は、どこかもう人間から離れているように見える。

赤羽瑠璃もめるすけにとっては――あるいは、そうなのかもしれない。アイドルそのものであるように、それ以外をまるで気にしない星のように思ってくれていたのかもしれない。本当は、そんな理想のアイドルとは程遠い存在だったのに。

人が星の燃える由縁を知ることはない。

赤羽瑠璃は今日もアイドルとして働く。事務所から赤羽瑠璃の卒業の話が出る。東京グレーテルに区切りをつけて、今の人気のある内にソロ活動を始めるのはどうかという話になる。

果たして、瑠璃は言う。

「そうしたいです。表に出られる仕事ならなんでもやります。私、芸能界にいたいんです。

一生」

赤羽瑠璃は元から野心家でストイックだから、そんなことを言っても普段通りに受け容れられる。彼女の心の中に何が起こったのかを知る由《よし》も無い。瑠璃は誰にも語らない。

赤羽瑠璃はたった一人の為のアイドルだ。

本当は、応援してくれるファンみんなの為の星でありたい。けれど、愚直なまでに愛を引きずる瑠璃には、未だにめるすけ以外の道標がない。彼女の心を奮い立たせ、過労で倒れそうな身体を引きずらせてくれるのは、ただめるすけだけだった。恥ずかしいくらい代わりが利《き》かない。今でも眠れないくらい、彼が恋しい。

一生舞台に立つから、一生推して欲しかった。今でも一生推して欲しい。

だから、赤羽瑠璃はこの世界に呪いを掛ける。

忘れさせないでいてやろう。テレビに、ネットに、SNSに、スピーカーに、街頭ビジョンに、雑誌に、パーティーに、結婚式に、人々の口の端に、思い出の中に、走馬燈《そうまとう》の中に赤羽瑠璃が現れるように。世界の全てを赤羽瑠璃で包囲しよう。

何を見ても赤羽瑠璃の姿があるなら、飽きたって忘れられないはずだ。冬美は嫌な気持ちになるだろうか？　それを喜べるくらいには、瑠璃は真剣に妬《ねた》ましい。

瑠璃は名城渓介のことを思う存分に引きずるだろう。一生苦しみ続けるかもしれない。けれど、苦しんでいる間は終わらない。終わらせないでいられる。この執着で、赤羽瑠璃を燃やし続ける。

だからどうか、名城渓介の人生のＢＧＭが、赤羽瑠璃の歌でありますように。

初出

ミニカーを捨てよ、春を呪え
星が人を愛すことなかれ
枯れ木の花は燃えるか
……JUMP j BOOKS 公式note掲載
星の一生
……書き下ろし

著者プロフィール

斜線堂有紀……『キネマ探偵カレイドミステリー』で第23回電撃小説大賞〈メディアワークス文庫賞〉を受賞してデビュー。『恋に至る病』『楽園とは探偵の不在なり』『回樹』『本の背骨が最後に残る』『愛じゃないならこれは何』『君の地球が平らになりますように』など。近年は漫画原作はじめ、小説以外にも活躍の幅を広げている。

星が人を愛すことなかれ

2024年8月31日 第1刷発行

著者 斜線堂有紀

装丁 有馬トモユキ(TATSDESIGN)

編集協力 北 奈櫻子

担当編集 六郷祐介

編集人 千葉佳余

発行者 瓶子吉久

発行所 株式会社 集英社

〒101-8050 東京都千代田区一ツ橋2-5-10
編集部 03-3230-6297
読者係 03-3230-6080
販売部 03-3230-6393(書店用)

印刷所 中央精版印刷株式会社

製本所 加藤製本株式会社

Printed in Japan ISBN978-4-08-790174-0 C0093
検印廃止

愛じゃないなら
これは何
斜線堂有紀

斜線堂有紀の恋愛小説!!

愛じゃないならこれは何

斜線堂有紀

装画＝ナナカワ

二十八歳の地下アイドル、赤羽瑠璃は、その日、男の部屋のベランダから飛び降りた。男といっても瑠璃と別に付き合っているわけではない、瑠璃のファンの一人で、彼女が熱心にストーカーしているのだ。侵入した男の部屋からどうして瑠璃が飛び降りたのか、話は四年前にさかのぼる――。「ミニカーだって一生推してろ」ほか、4編収録。

コミカライズも配信中!!

原作: 斜線堂有紀

漫画: しみずりさ

斜線堂有紀が描く、令和の恋の物語。

もしも、あなたの好きな人が陰謀論にハマったら——？

君の地球が平らになりますように

斜線堂有紀

装画＝ナナカワ

地味で冴えない女子大生・小町は、同じサークルの東が好きだった。けれど人気者の東は、小町には到底手が届かない存在。そして数年が経ち、再会した東は変わり果てていた。いわゆる『陰謀論』にどっぷり浸かった彼は、周囲から孤立していたのだ。小町は思う。……今なら東と付き合えるかも？　表題作ほか4編収録。

斜線堂有紀
Shasendo Yuki
君の地球が平らになりますように